BLUE EYES
블루아이

블루아이

초판 1쇄 발행   2024년 1월 30일

지은이   염기원
펴낸이   김요일

펴낸곳   아이들판
출판등록   제10-2556호(2003. 1. 22)
주소   서울시 마포구 신수로 59-1
전화   02-702-1800
팩스   02-702-0084
이메일   munse_books@naver.com
홈페이지   www.msp21.co.kr

ISBN   978-89-5734-107-0   03810

* 이 도서는 한국출판문화산업진흥원의 '2023년 중소출판사 출판콘텐츠 창작 지원 사업'의 일환으로 국민체육진흥기금을 지원받아 제작되었습니다.

BLUE EYES
블루아이

염기원 장편소설

아이들판

차례

외톨이

하이에나에게 발목을 물리거나 코끼리에게 밟힐 걱정 없이 잠든 건 오랜만이었다. 촬영 시작 이후 가장 편안한 숙소였다. 뉴질랜드에서 온 노부부가 하마 가족이 나타났다고 호들갑 떨며 소리만 지르지 않았으면 더 잘 수도 있었다. 오클랜드 동물원에도 하마 정도는 있지 않냐고 쏘아붙이고 싶었지만, 지연 씨가 그들과 함께 사진을 찍고 있는 게 보였다. 그녀 역시 에버랜드에서 하마를 보았으리라.

창밖에서 지저귀는 새소리가 낭만적으로 들렸던 때가 있었다. 이제는 소음이다. 다시 눈을 감고 누웠지만 잠이 오지 않았다. 마지못해 눈곱을 떼고 일어났다. 잠베지강 기슭의 야생동물을 보는 일도 별로 즐겁지 않다. 그래도 롯지*에 묵으니 좋은 점도 있다. 전기포트로 편하게 물을 끓여 마시는 커피라니, 문명의 혜택이다. 한국에서 가져온 커피믹스는 생각보다 인기가 많아서 내 몫도 부족해졌다.

커피 향보다 진한 냄새가 창문을 통해 들어왔다. 이른 아침부터

* 여행객을 위해 지은 오두막집

6

누군가 바비큐장에서 소시지를 굽고 있었다. 맥주까지 마시는지 병을 부딪치는 소리가 들렸지만 놀랍지도 않다. 며칠 전 강아지가 자꾸 얼굴을 핥는 느낌에 낮잠에서 깨니 웬 기린 한 마리가 사람 팔뚝보다 긴 혀로 내 얼굴에 침을 바르며 핥고 있었다. 그 이후로는 웬만한 일로 놀라지 않는다.

한 달 동안 이어지던 야전 생활의 쉼표 같은 아침이었다. 식사가 준비됐다는 얘기를 듣고 건물 안에 있는 식당으로 갔다. 스태프들이 모두 한자리에 모여 식사하는 것도 촬영 이후 처음이었다. 그동안 아침은 빵, 점심은 간편식으로 해결했다. 촬영을 마치고 나서 먹는 저녁이 개중 나았지만, 진수성찬과는 거리가 멀었다. 그나마 가장 맛있게 먹은 음식이 멀건 카레였다.

"감독님, 혹시 김치 있으세요?"

지연 씨의 말에 다른 한국인 스태프 세 명이 동시에 나를 쳐다보았다. 한국에서 싸 온 김치가 다들 동이 났나 보다. 한국 음식을 좋아하는 요시다 역시 김치라는 단어를 알아듣고는 귀를 쫑긋거리고는 내 눈치를 살폈다.

현지식 바비큐인 '냐마'에는 낯선 향신료가 너무 많이 들어갔다. 옥수수죽을 계속 저어가며 백설기나 찰밥처럼 만든 '싸자'는 식감이 별로였다. 먹지 못할 정도는 아니었지만, 나 역시 김치라도 있으면 좋겠다는 생각이 들었다. 하지만 해외에 나갈 때는 현지 음식만 먹는다는 게 내 오래된 철학이자 고집이다. 이누이트를 찍으러 간 북

극에서는 바다표범 생간을, 아마존에 갔을 때는 피라루쿠*튀김과
피라냐구이를 먹었다.

고개를 가로젓자 한국인 넷과 일본인 하나가 실망하며 탄식했
다. 동양인을 위해 롯지 주방에서 성의껏 준비한 현지 음식이겠지
만, 우리가 기대한 건 자본주의에 찌든 패스트푸드였다. 아니면 탄
산음료와 빵 쪼가리로도 족했다. 싸자, 냐마, 수쿠마 같은 현지 음식
은 세이브밸리 보호구역에 들어가기 전 수차례 먹어 이미 물렸다.
생선구이나 된장국 같은 호사는 고사하고, 흰 쌀밥에 김치를 올려
김으로 싸 먹는 한 끼가 그리웠다.

모처럼 남이 요리해 주는 음식에 대한 기대가 크기도 했다. 슈퍼
마켓에 가서 아무 고기라도 사 와서, 소시지나 베이컨이라도, 구워
먹는 게 나았다. 하지만 가장 가까운 슈퍼마켓이 차로 2시간 넘는
거리에 있으니 불가능한 일이다. 현지 음식이 입에 붙지 않는 건 중
국인과 일본인도 마찬가지여서 식사 진도가 도통 나가지 않았다.

중국인 조연출이 식당 직원에게 주방을 써도 되겠냐고 물어 허
락을 받아냈다. 그러자 한중일 3개국으로 구성된 스태프들 얼굴에
화색이 돌았다. 동아시아인답게 다들 고국의 라면 정도는 챙겨왔
다. 각국의 라면을 끓여 나눠 먹었다. 차와 커피를 마시며 총감독
리웨와 새로운 촬영지에서의 일정을 재확인한 뒤 식당에서 나와 짐
을 꾸리려 숙소로 향할 때였다.

* 6m까지도 자라는 남미 최대 민물고기

소시지를 굽던 백인 청년들이 소리를 질러댔다. 뭔 일인가 했더니 소시지를 약탈하러 온 원숭이가 일행 중 한 명의 휴대폰까지 들고 도망간 것이었다. 남아프리카공화국에서 온 여행객이라고 했다. 추어 사파리부터 시작해서 우룽웨 사파리까지, 두 달 동안 잠베지강을 따라 유네스코 세계유산을 여행한단다. 휴대폰을 잃어버린 청년은 울상이 된 채 원숭이를 향해 온갖 욕설을 날렸다. 그래도 난 아침부터 맥주를 마시는 그들의 팔자가 부러웠다.

우리가 비행기를 연거푸 갈아타며 무려 만 이천 킬로미터를, 만 하루가 넘게 걸리며 날아온 이유는 리카온 혹은 아프리카 들개라고 부르는 동물을 촬영하기 위해서였다. 한중 수교 30주년 기념과 리카온이 무슨 관계가 있는지, 멸종위기 동물이라는 것 외에 하필 리카온을 다룰 이유가 있는지, 과연 시청자들이 볼만한 프로그램으로, 더군다나 특집이라는 이름까지 붙을 만한 결과물을 만들 수 있을 것인지, 촬영을 시작하고 나서도 나는 계속 의문이 들었다.

중국과 함께 공동으로 뭔가를 한다는 건 시작부터 쉽지 않은 일이었다. 실제 작품을 제작하는 건 방송국 두 곳이지만 양국 정부의 이해가 얽혀 있기 때문이다. 이번 촬영의 경우 프리프로덕션 단계가 거의 생략되었다고 볼 수 있다. 높으신 분들이 제대로 된 기획을 잡을 리도 만무하거니와, 그 기획대로 현장이 돌아가는 일은 없다.

양국 방송국 임원들이 서울과 베이징을 오갔지만 별 진전은 없었다. 최대한 이른 시일 안에, 좋은 프로그램을, 최선을 다해, 열심히, 잘, 훌륭하게 만들자는 다짐과 악수하는 사진만 남았다. 이후 실무자끼리의 진행은 이메일과 전화 통화로 이루어졌지만, 의사소통은 원활하지 않았다. 그렇게 졸속으로 진행된 프리프로덕션 과정 중에 나 역시 이 팀에 졸속으로 합류했다.

짐바브웨라는 국가, 세이브밸리라는 장소, 리카온이라는 대상 외에 논의된 건 촬영 장비에 대한 것이 전부였다. '방송국 놈들'이 으레 그렇듯 촬영이 임박한 시점이 되어서야 나 같은 실무진이 투입되어 급하게 움직인다. 그제야 비로소 '이 정도는 사전에 검토를 마쳐 준비되었을 것'이라고 전제했던 모든 것이 결국 우리가 직접 해결해야 하는 과제임을 깨닫게 된다.

내 경험상 해외 촬영에서는 현지 가이드 역할이 매우 중요하다. PD의 기획 의도도, 작가가 아무리 열심히 준비한 대본도, 현지 사정에 따라 그때그때 바뀐다. 게다가 동물을 다루는 것이니 촬영을 돕는 수준이 아니라 스스로 연출할 능력을 갖춘 가이드가 필요했다. 빅토리아 폭포 같은 관광지를 촬영하는 것이라면 전 세계 어느 곳에나 있는 한인회의 도움을 받을 수 있겠지만, 짐바브웨 한인회에 야생동물 전문가는 없었다.

사전 협의를 마치고 짐바브웨 수도 하라레의 호텔에서 중국 스태프와 마주쳤을 때부터 난관이 기다리고 있다는 걸 본능적으로 알수 있었다. 우리는 우리대로, 그들은 그들대로 오합지졸이었다. 시간과 예산이 무한하다면 몰라도, 촬영 현장에서는 군대처럼 비합리적이고 수직적인 조직문화가 필요하다. 촬영 이후 작업이 만만치 않기 때문이다.

수많은 카메라로 촬영한 영상 원본은 그야말로 난장판이다. 이걸 다듬어 가편집본을 만든 뒤 화면 전환 효과를 넣고 자막을 붙인다. 여기서 이미 PD와 편집자, 작가는 체력과 영혼 모두 탈진 상태가 된다. CG를 붙이고, 내레이션과 음악을 삽입하는 과정에서 필요한 건 오로지 카페인이다. 이렇게 만든 본 편집본을 함께 모니터링하는데, 보통 누군가 크게 호통을 치고 나머지 모두가 반성하는 분위기로 흐른다. 이때부터가 진짜 편집의 시작이다.

이곳은 남위 15도 43분 56초, 동경 29도 20분 45초, 짐바브웨에 있는 마나풀스 국립공원이다. 나는 대체 왜 물리적으로, 정서적으로도 까마득하게 먼 나라까지 왔을까. 한중 수교 30주년에는 아무 관심이 없었고, 이를 기념하기 위해 만든다는 특집 다큐멘터리 제작에 참여하고 싶지도 않았다.

"그거 BBC느님께서 먼저 하셨잖아. 우리가 잘 할 수 있겠어?"

리카온을 다루는 다큐멘터리 촬영 건에 대해 한때는 같은 회사 선배였던, 이제는 내게 일거리를 주는 '갑'님인 종승이 형에게 내가 던진 물음은 여전히 유효하다. 자연 다큐멘터리 분야에서 '넘사벽'인 BBC와 같은 주제 다루길 꺼리는 건 패배주의가 아니다. 내가 방송국에 다닐 때만 해도 벤치마킹이라며 NHK 프로그램을 통째로 베끼는 게 비일비재했다.

"네가 연출하냐? 새끼, 챙겨줄 때 잘 받아. 너 인마, 그러다가 폐인 되는 거 금방이야. 바람 쐰다 치고, 아니, 씨발, 어떤 미친놈이 바람 쐬러 거기까지 가. 그냥 가서 빡세게 굴러. 그래야 잡생각이 안 들지. 뭔가 달라질 거야. 잘 생각해."

종승이 형 말대로 빡세게 구르긴 했다. 그래도 잡생각은 끝없이 밀려온다. 명품 다큐를 만들겠다는 일념으로 여기까지 온 것은 아니다. 그래. 나는 한국에서 최대한 먼 곳으로 도피하고 싶었다. 무엇으로부터? 나로부터. 아니면 내가 처한 상황으로부터. 그것도 아니면 내가 쌓아온 과거로부터. 하지만 내가 처한 상황과 내가 쌓은 과거가 결국 '나'일 텐데.

"감독님, 배터리하고 메모리 모두 확인했습니다. 문제없습니다. 이상."

침대 위에 올려둔 무전기를 통해 지연 씨 목소리가 들렸다.

"수신 완료."

촬영 팀에 속한 지연 씨는 머리 회전이 빠르고 몸도 날래다. 그러면서도 뭔가 맹랑하다고 할까? 예의는 지키되 말과 행동에 거침이 없다.

처음 그녀가 나를 부르는 호칭은 '선배'였다. 내가 꼰대라서 그런지는 모르겠지만, 요즘 젊은 애들이 선배 뒤에 '님'자를 붙이지 않는 게 나는 영 거슬렸다. 그래서 그렇지 부르지 말라고 했더니 '감독님'이라고 재빠르게 수정했다.

종승이 형이 내 옆에 붙여 놓은 감시자 같기도 하다. 내가 목을 매달거나, 나일악어나 사자 무리를 향해 뛰어가기라도 할까 걱정한 것일까. 이상 행동을 보이면 바로 카톡을 보내라고 지령이라도 내린 것일까. 형은 그런 의심을 할 정도로 치밀하고 정치적인 사람이다. 그러니 동기 중 가장 먼저 국장 자리를 꿰찰 수 있었다.

그의 염려와 달리 나는 이미 죽을 때를 놓쳤다. 스스로 목숨을 끊는 이 중 많은 수가 인생의 밑바닥에서 극단적 선택을 한다. 그게 참 딱하다. 자살은 삶의 최정상에서 감행하는 게 옳다.

종승이 형 밑에서 조연출을 하다가 시사교양 프로로 입봉했다는 진 PD는 의욕이 넘쳤다. 여느 PD처럼 명문대 출신이었고, 촬영 지역과 대상에 관해 많은 공부를 하고 왔음이 분명했다. 문제는 그가 지금껏 다룬 다큐멘터리는 사람을 다룬 휴먼 다큐멘터리가 대부분이었고, 해외 촬영도 처음이라는 것이었다. 게다가 동물은 연출자의 의도와 다르게 움직이며, 해외 촬영에는 상상도 못 한 변수가 가득하다.

멸종 위기종인 야생 구름표범에 대한 다큐멘터리를 제작한 적이 있는 리웨 PD가 총감독을 맡게 된 것은 당연했다. 그는 진 PD와 달리 의욕이 부족해 보였지만 노련했다. 첫 미팅에서 완전히 기선제압에 성공한 것이 그 시작이었다. 한중 합작이 아니라 중국에서 한국 쪽 스태프를 용역으로 쓰는 모양새가 되어버렸다. 진 PD는 촬영이 시작되면 본때를 보여주겠다며 별렀다.

그나마 다행인 것은 양국 간, 양 방송국 간 미묘한 정치 관계에 대해 실무진끼리는 별생각이 없었다는 점이다. 처음부터 친하게 지냈다. 한류가 한몫을 단단히 했다. 첫 미팅이 끝나고는 호텔에만 있으라는 현지 가이드 경고에도 불구하고, 양국의 젊은 스태프는 술집에 다녀왔고, 내 옆 방에서 서투른 영어로 수다를 떨며 늦게까지 술을 마셨다.

아프리카에 오면 내가 뭔가 달라질 것이라던 종승이 형의 말은 반은 맞고 반은 틀렸다. 메르카토르 도법으로 만든 지도의 왜곡이 크다는 것을 이미 알았지만, 아프리카 대륙은 상상을 초월하는 압도적 크기였다. 사하라 사막만 해도 미국 본토보다 훨씬 넓다. 그 넓은 땅에서 사람이 사는 곳은 극히 일부였고 나머지는 동물, 식물, 모래의 차지였다.

비행기가 인천 공항에서 출발할 때만 해도, 좁고 각박한 메트로폴리스가 아닌, 드넓은 아프리카의 대자연 속에서 죽고 싶다고 생각했다. 촬영 한 달 만에 생각이 바뀌었다. 종승이 형은 내 생각이 바뀌는 방향까지 예측했을까? 그의 말대로 뭔가 달라지기는 했다. 이런 곳에서는 죽을 수 없다. 이런 곳이 곧 아프리카를 의미하는 건 아니다.

아시아인을 모욕하는 가장 쉬운 방법은 아시아 뒤에 흔히 쓰는 명사를 붙여서 일반화시키는 것이다. 아시아 음식, 아시아 얼굴, 아시아 성격 같은 것이다. 같은 아시아지만 한중일 3개국만 해도 서로 엄청난 차이가 있다. 동남아에 가면 더 큰 이질감을 느낀다. 중동 지방은 아예 딴 세상이다. 마찬가지로 아프리카를 하나로 뭉뚱그려 묘사하려는 시도는 무식한 짓이다.

아시아가 그렇듯, 아프리카는 수많은 나라, 민족, 문화로 이루어진 대륙이다. 유럽에 가서 중국인이냐는 말을 들으면 자기 옷매무새부터 챙기는 한국인들이, 흑인을 보고 '아프리카 사람'이라고 규정하는 만행을 나는 수도 없이 목격했다. 아무튼, 나는 '아프리카에 있는, 천혜의 자연이 유지된, 이른바 지구 최후의 낙원이라고 부르는 곳'에서 죽을 마음이 없다.

신입 시절에 수영으로 해협을 횡단하는 프로그램을 촬영한 적이 있다. 유명인이 오지를 탐험하는 해외 촬영 경험도 여럿 있다. 하지만 동물을 다루는 다큐멘터리는 처음이었다. 그렇다고 긴장되지는 않았다. 쓸데없는 열정에 사로잡히지도 않았다. 내게 문제가 있다면 아무런 의욕이 없다는 것이다.

남극에서 거대한 빙하를 보며 아무 말도 할 수 없던 나는, 영하 이십 도의 시베리아에서 꼼짝하지 않고 잠복하다 호랑이를 마주하는 순간 경탄하던 나는, 이제 없다. 이제 우유니 소금 사막에서 은하수를 봐도 예전처럼 가슴 뭉클한 기분은 들지 않을 것이다. 미켈란

젤로의 피에타를 봐도 눈물 글썽이지 않을 것이다. 여기서 죽고 싶지는 않지만, 그렇다고 살아야 할 의욕도 없다. 숨 쉬는 것도 구차한 것 같다.

"레드 원, 여기는 화이트. 잘 들립니까?"

"잘 들립니다. 이상."

사파리 트럭 세 대와 러시안 암*을 설치한 픽업트럭, SUV 몇 대에 나눠탄 촬영진이 무전기 테스트를 마쳤다. 이제 사파리에 들어간다. 각 트럭은 운전석 뒤로 가로세로 세 개씩, 총 아홉 개의 의자가 들어가도록 개조되어 있다. 차를 운전하며 동물을 찾는 건 현지 코디네이터 몫이다. 사파리에 들어갈 때는 총을 휴대한 레인저가 동행한다.

우리 차를 운전하는 코디네이터는 은데벨레족인 블랙이다. 별명이 아니라 진짜 이름이다. 리카온에 대해 아는 게 많다고 자랑을 늘어 놓았던 것과 달리, 지난 한 달간 세이브밸리에서는 영 신통치 않았다. 그럼에도 나는 그를 좋게 보았다. 그는 상당히 지적인 사람이며 믿을만했다.

짐바브웨 공용어는 영어만이 아니다. 그의 부족이 쓰는 은데벨레어, 인구 대다수를 차지하는 쇼나족의 언어 등 다양한 토착어도 공용어다. 블랙은 유창한 영어와 은데벨레어는 기본이고, 쇼나어나 벤다어로도 의사소통을 한다. 그게 그를 좋게 본 유일한 이유는 아

---

* 차량에 크레인을 설치해 움직이는 지미집처럼 만든 장비

니다. 그는 짐바브웨의 미래를 진지하게 고민하는 사내였으며, 누구보다 리카온을 잘 아는 전문가였다.

***

블루아이는 재빠르게 몸을 낮췄다. 멀리서 트럭이 다가오는 소리가 들렸기 때문이다. 관목 아래로 몸을 숨긴 채 헐떡였다. 며칠째 굶주린 채였다. 잠베지강의 지류인 러코메시강을 따라 이동하는 길은 긴장의 연속이었다. 리카온은 강력한 포식자로 손꼽히지만, 그것도 무리와 함께 있을 때의 얘기다. 우룽웨 사파리로 피신했다가 마나풀스 지역으로 온 것도 건기라 가능했다. 강물이 바닥을 드러내지 않았다면 나일악어 때문에 강을 건널 엄두도 낼 수 없었다.

그는 외톨이였다. 젊은 수컷 리카온이 무리에서 쫓겨나는 건 좀처럼 드문 일이다. 트럭 소리가 멀어지자 그는 다시 러코메시강에서 갈라진 치테이크강을 따라 동쪽으로 긴 행군을 이어갔다. 그의 목표는 사피 지역을 지나 북동쪽에 있는 추어 지역에 가는 것이다. 관목 때문에 시야가 제한되는 단점이 있지만, 사자와 하이에나의 영역을 침범하지 않는 동선이었다.

리카온은 대형견과 비슷한 몸집을 가진 동물이다. 아프리카 들개라고도 부르지만, 개와는 전혀 다른 종이다. 검은색과 갈색, 흰색 털로 몸을 덮은 블루아이의 얼룩무늬는 리카온만의 외모적 특징이다. 인간의 지문처럼 개체마다 무늬가 다르다. 사냥을 위해 풀숲에 몸을 숨길 때는 탁월한 위장 효과를 발휘한다.

바람을 타고 온 두 가지 냄새가 블루아이의 코를 자극했다. 얼마 떨어지지 않은 곳에서 물이 있다는 것, 그리고 그곳에 먹잇감이 있다는 정보를 얻었다. 망설일 이유가 없었다. 리카온도 여느 포식자처럼 매복에 능숙하지만, 고양잇과 동물처럼 조심스럽게 다가가 기습하지는 않는다. 순간 최고 속력보다는 장거리 체력전 전문가이기 때문이다.

웅덩이에서 조심스럽지 않게 물을 마시고 있던 건 혹멧돼지 부자였다. 사자보다 크고 성질도 더러운 누는 물론이고, 드물게는, 사자도 함부로 공격하지 못하는 무지막지한 야수인 아프리카물소까지 사냥하는 게 리카온이지만, 그것도 압도적인 수적 우세를 바탕으로 여러 마리가 협동할 때나 가능하다. 단독 사냥할 때 선호하는 사냥감은 임팔라 정도다. 혹멧돼지도 나쁘지 않다.

본능은 그에게 빨리 덮치라고 신호했다. 하지만 블루아이는 사냥의 성공과 실패, 두 가지 경우를 두고 신중하게 고민했다. 성공한다면 그동안의 허기를 단번에 채울 수 있다. 하지만 이미 지칠 대로 지친 상태라 아비는커녕 새끼를 잡는 것도 장담할 수 없다. 만에 하나라도 실패하여 아비의 역습에 당한다면 돌이킬 수 없다. 그만큼 아비 혹멧돼지의 덩치가 상당했다.

개코원숭이는 2인치에 달하는 송곳니를 가졌다. 아프리카 야생동물이 대부분 그렇듯, 성질이 사나워 표범과도 맞서 싸운다. 그런 개코원숭이가 혹멧돼지 성체의 어금니 공격에 수십 차례 당하던 장면을 블루아이는 기억하고 있다. 그 혹멧돼지는 척추가 끊어져 경련하고 있는 개코원숭이를 산 채로 씹어 먹었다. 자기도 그런 꼴이 될지 모른다.

고민하던 블루아이는 태연한 척 혹멧돼지 부자 곁으로 다가가 목을 축였다. 갈증이 심한 상태이기도 했다. 포식자의 등장에 아비 혹멧돼지가 잠시 경계하는 듯하다 이내 다시 물을 마시기에 바빴다. 블루아이와 먼 쪽으로 자기 새끼를 옮기지도 않았다. 이제 겨우 청년기에 접어든 리카온 한 마리 정도는 큰 위협으로 느끼지 않는다는 표현이었다. 블루아이는 시선을 다른 곳으로 두며 때를 기다렸다.

스스슥. 뭔가 풀을 스치며 움직이는 소리에 혹멧돼지 부자와 리카온 모두 빠르게 반응했다. 아프리카사바나멧토끼가 맞은편을 여유롭게 지나갔다. 코앞에 먹잇감이 지나가는 모습을 뻔히 바라볼 뿐, 블루아이에게는 그림의 떡이었다. 달리기 선수인 치타도 쉽게 잡지 못할 정도로 빠른 녀석이기 때문이다. 대신 혹멧돼지가 녀석에게 시선이 팔려 방심한 모습이 보였다. 그 틈을 노려 블루아이가 기습을 시도했다.

블루아이가 첫발을 내딛는 것과 동시에 혹멧돼지 부자가 도망치기 시작했다. 신경 쓰지 않는 척했지만, 별안간 나타난 리카온이 언제 움직일지만 내내 예의주시하고 있던 것이다. 블루아이는 혹멧돼지 새끼를 아비로부터 떼어 놓을 작정이었다. 하지만 아비 혹멧돼지는 새끼를 자기 옆에 꼭 붙인 채 한 몸이 되어 요리조리 방향을 바꿔가며 맹렬하게 도망쳤다.

시간이 지날수록 거리가 멀어졌지만 리카온의 사냥에서 기습은 준비 단계에 불과하다. 기습에 실패했다고 사냥을 포기하는 법은 없다. 심장과 폐의 크기가 모두 커서 적당한 속력을 유지하면서 오래도록 달리는 지구력을 타고났기 때문이다. 상대를 포위하거나 지쳐 쓰러질 때까지 달라붙는 게 리카온의 기본적인 사냥 방식이다. 블루아이가 속력을 늦추며 호흡을 가다듬었다.

이제 갯과 동물 특유의 인내력이 필요하다. 모든 감각을 동원해서 혹멧돼지를 추적하기로 했다. 단독 사냥은 처음이다. 누구에게 배운 사냥 기술이 아니라, 태어날 때부터 유전자에 각인된 본능이 그를 이끌었다. 다시 고개를 세우고 터덜터덜 무거운 발걸음을 옮겼다. 어느덧 해가 중천에 떴다. 낮에는 되도록 움직이지 않는 편이지만 굶어 죽을 수는 없는 노릇이다.

언젠가 와봤던 장소 같았다. 느낌이 좋지 않았다. 킁킁. 블루아이가 낯익은 냄새를 맡았다. 소변을 뿌려 영역을 표시한 마킹 냄새였다. 자신과 함께 지내던 동족의 것이었다. 며칠 되지 않은 냄새인 걸 보니 그들의 영역 끄트머리에 들어온 것이 분명했다.

동쪽으로 한참 더 이동해 사피 지역을 지나고 나서야 북동쪽으로 갔어야 했다. 사냥감을 추적하느라 북쪽으로 너무 멀리 와버렸다. 조금 더 깊이 들어가 냄새라도 남겼다가는 동족들이 자신을 추적해 올 것이다. 자신을 추방한 동족과 다시 마주친다는 것은 죽음을 의미한다. 그는 다급하게 방향을 바꿔 리카온 영토의 동쪽 끝인 치웨강을 건넜다.

아쉽지만 이제 혹멧돼지 부자는 포기해야 했다. 녀석들이 그대로 북쪽으로 갔다면 지금쯤 그가 속했던 무리의 서식처로 들어갔을 것이다. 시키지도 않은 음식이 배달된 꼴이다. 자신이 힘까지 빼 놓았으니 리카온들에게 예정에 없던 푸짐한 점심거리가 됐을 것이다.

블루아이는 인간이 뚫어 놓은 도로를 걸어 동쪽으로 향했다. 그동안 서쪽으로는 보츠와나, 북쪽으로는 잠비아 국경까지 넘나들었다. 동족을 찾기 위해 긴 여행을 했지만, 소득은 없었다. 그의 본능이 이번에는 그를 동쪽으로 이끌었다. 다시 떠난 지 일주일이 지났다. 이렇게 혼자 지내는 생활이 앞으로도 계속된다면 거친 야생에서 오래 버티지 못할 것이다.

며칠 전 먹은 리추에 고기, 그 신선한 내장과 탄력 있는 허벅지 살을 떠올리며 그는 입맛을 다셨다. 혹멧돼지를 놓친 건 아무래도 아쉬웠다. 그래도 아프리카에서 사냥 성공률이 가장 높은 포식자답게 골고루 발달한 시력과 청력이 그에게 다시 기회를 주었다. 멀리 임팔라 무리가 눈에 들어왔다. 다시 사냥에 성공한다면 추어 지역까지 갈 힘을 얻게 될 것이다.

백 미터, 오십 미터, 먹잇감이 가까워졌다. 도로 안쪽에서 임팔라 수십 마리가 한가롭게 풀을 뜯고 있었다. 그중 새끼 세 마리가 블루아이의 눈에 들어왔다. 혼자라고 해도 리카온이란 존재의 등장은 임팔라 떼를 혼비백산시키기에 충분하다. 습격에 놀라 우왕좌왕하는 동안 새끼 세 마리 중 가장 취약한 녀석 하나를 노려 지독하게 뒤쫓는 건 리카온이 가장 선호하는 전략이다.

블루아이는 도로 옆 덤불에 몸을 숨긴 채 잠시 숨을 골랐다. 이럴 때 리카온을 뒤에서 보면 꼬리털만 보이는데, 대개 흰색이다. 사관생도의 예복 모자에 달린 흰 깃털같이 생겼다. 이는 가이드가 든 깃발처럼, 무리 지어 사냥할 때 서로의 위치를 쉽게 확인할 수 있도록 도와준다.

혹멧돼지와는 다른 상대다. 임팔라의 반격은 위협이 되지 않으며, 무리에서 떨어진 어린 녀석을 사냥하는 건 그야말로 시간 문제라는 걸 그는 잘 알고 있었다. 길어도 한 시간 내면 땅바닥에 엎드린 채 탈진한 새끼 임팔라의 살을 물어뜯을 수 있다. 리카온은 사냥하기 직전 고개를 숙이고 있다가 꼬리를 뒤로 뻗으며 달려 나간다. 고개를 수그린 블루아이가 임팔라를 향해 달려 나가려다 멈췄다.

아뿔싸. 그제야 그는 자신이 조심스럽지 못했음을 알아차렸다. 언제부터였는지, 누구인지는 몰라도 자신의 등 뒤에 추적자가 달라붙었다는 걸 깨달은 것이다. 뒤를 돌아보는 건 상대에게 공격 시점을 알리는 행위다. 앞에서 불어오고 있는 바람의 방향이 바뀌어야 상대가 누구인지를 정확히 파악할 수 있는 상황이었다. 이번에도 사냥을 포기해야 했다.

다시 도로로 나온 그는 불안한 발걸음을 옮겼다. 임팔라 무리를 지났다. 어린 임팔라들은 자신을 먹잇감으로 생각했던 상대가 저만치 지나가는 장면을 물끄러미 바라보았다. 블루아이는 커다란 귀에 신경을 집중했다. 사자나 표범이라면 도로 양옆의 덤불에 몸을 감추며 조용히 따라오다가 옆에서 목을 노리고 덤벼들 것이다. 하이에나나 다른 리카온이라면 뒤쪽에서 다리를 노릴 것이다.

조금 속력을 높여 뛰기 시작했다. 길옆 덤불이 수풀로 변하더니 이윽고 사방이 탁 트인 개활지가 나타났다. 여전히 바람의 방향이 바뀌지 않았다. 그는 코 대신 눈으로 상대를 확인하기 위해 뒤를 돌아보았다. 그의 눈에 들어온 것은 어느새 십여 미터 뒤로 쫓아온 점박이하이에나 여덟 마리였다.

줄무늬하이에나, 갈색하이에나 같은 청소부 동물과 달리 점박이하이에나는 덩치가 매우 크며 사자 다음으로 무서운 포식자다. 많게는 백 마리에 달하는 무리를 이끌기도 하는 우두머리 암컷은 덩치가 표범보다도 크다. 리카온과 마찬가지로 무리 지어 사냥하는데, 기세가 좋을 때는 수사자를 포함한 아프리카의 포식자들까지, 심지어 인간까지 잡아먹는다. 회전초밥으로 보였을 임팔라 무리를 그냥 지나친 것을 보면 그들이 노리는 건 블루아이 자신임이 분명했다.

리카온과 점박이하이에나는 공히 높은 지능과 단단한 턱과 어금니를 가진 최고의 사냥꾼이지만 피지컬은 점박이하이에나가 압도한다. 무리끼리 다투는 일이 종종 있기는 해도 서로 피해가 막중하기에 유혈사태로 이어지는 일은 드물다. 하지만 상대 숫자가 적을 때, 특히 떠돌이를 발견했을 때는 다르다. 기어이 죽여야 직성이 풀린다. 같은 먹이를 놓고 경쟁하는 맹수들의 본능이다.

점박이하이에나 여덟 마리를 홀로 상대하는 건 수사자에게도 버거운 일이다. 외톨이 리카온이 감당할 상대가 아니었다. 블루아이는 혼자였고, 몸은 지칠 대로 지친 상태였다. 고통 없이 빨리 끝내달라고 목덜미를 내미는 편이 나을 수 있다. 리카온이 그렇듯, 점박이하이에나 역시 먹잇감의 숨통이 붙어 있는 채로 식사를 시작하는 스타일이다.

인간의 귀에는 점박이하이에나의 울음소리가 영 거슬린다. 하이에나의 다양한 울음소리에는 저마다 다른 목적이 있다. 동료를 부를 때는 소 울음소리와 비슷한 소리를 낸다. 사자가 다가오고 있으니 조심하라는 공지를 할 때는 소리도 다급하다. 자기들끼리 회의할 때는 새 울음소리와 비슷한 소리를 낸다.

"우릇힛힛! 이힛힛힛!"

지금처럼 전설의 고향에 나오는 처녀 귀신 웃음과 비슷한 소리가 들리면 긴장해야 한다. 지금부터 사냥을 시작한다는 공격 신호이기 때문이다. 우두머리 하이에나가 날카로운 어금니를 드러내며 블루아이를 향해 돌진했다.

폭력의 역사 I

한국과 중국의 오합지졸이 호텔 방에서 의기투합한 다음날, 일본에서 온 요시다가 합류했다. 한중 합작 프로젝트에 왜 일본인이 끼게 되었는지 나는 알 수가 없다. 다만 그가 국제영화제에서 수상한 음향감독이라는 것, NHK에서 인정받은 각본가이기도 하다는 것을 종승이 형에게 전해 들었다. 다른 다큐멘터리와 다르게 후시 녹음 대신 현장의 소리를 최대한 담기로 했단다.

나는 한국인 스태프 중 가장 나이가 많았다. 그렇다고 한국 촬영팀을 대표하지는 않았다. 방송국 소속 직원이 아니라 프리랜서였기 때문이다. 한국 쪽을 대표하는 진 PD는 자신의 후배들을 통솔하는 한편 공채 선배이자 관리 대상인 내 눈치를 봐야 했다. 그 점이 미안하지는 않았다. 한국의 방송 환경에서는 당연한 일이다.

아무런 의욕이 없었으므로, 한국과 중국 간은 물론 한국인 스태프 내부의 완력 다툼에도 낄 생각이 없었다. 그러므로 오히려 그들의 은근한 쟁투가 내 눈에는 훤히 보였다. 방송국 직원 시절이나 프로덕션에서 일할 때, 지금처럼 프리랜서로 일할 때도, 내가 맡은 건 '디피'라고 부르는 촬영감독이었다.

방송국 모든 이들이 일본 제품 불매운동을 해도 촬영감독은 동참할 수 없다. 프로그램 특징에 맞춰 카메라와 렌즈를 고르는 건 촬영감독의 몫인데, 여전히 일본 제품이 선호도 1위다. 문제는 2위와 3위까지도 모두 일본 회사 제품이라는 것이다. 이번 촬영에서 한국과 중국 촬영진이 들고 온 카메라 역시 서로 다른 브랜드였지만 모두 일제였다.

디피 밑에는 보통 서넛의 조수가 붙는다. 조수 중 서열 1위는 포커스와 노출을 맡는다. 둘째 조수는 카메라를 관리하고 세팅한다. 여기에 촬영하며 발생하는 모든 돌발 상황에 대처하는 일도 그의 몫이다. 막내는 부수적인 장비와 소모품을 관리하면서 팀원이 시키는 모든 일, 따로 분류할 수 없는 모든 잡무까지 담당한다. 그러니 현장에서 눈코 뜰 새가 없다.

이번 다큐멘터리에서 내가 맡은 역할은 촬영감독이 아니다. 나는 그립 팀에 속해 있다. 그립 팀은 촬영팀이 단독으로 만들 수 없는 어려운 그림을 맡는다. 영화에서 주인공이 자신을 추격하는 차량을 뒷좌석에서 바라보는 역동적인 장면, 절벽에 핀 꽃을 먼 거리부터 보여주다가 빠른 속력으로 화면 전체를 채우는 클로즈업 장면을 만든다. 카메라맨이 트랙을 타고 이동하는 모습, 크레인과 지미집 같은 걸 생각하면 된다.

다큐멘터리 촬영에서는 촬영감독과 그립 팀장의 호흡이 중요하다. 촬영감독은 이야기의 커다란 흐름을 그리고, 그립 팀장은 명장면을 만들어낸다. 나는 그립 팀장조차 사양했다. 멤버들 간의 연대와 리더십이 조금이라도 요구되는 자리를 맡고 싶지 않았다. 한국의 최고령 스태프로서 내가 맡은 건 헬리캠이었다. 취미로 시작했다가 '덕질'이 된 드론 덕분이었다.

중국 쪽 스태프 중에도 헬리캠을 담당한 젊은 친구가 있다. 그는 자신이 가져온 중국산 멀티콥터에 대한 자부심이 대단했다. 내가 쓰는 장비는 몇 년 전 프랑스에 갔다가 산 것이다. 최신 모델은 아니지만, 틈틈이 만지작거리며 개조했다. 모 예능 프로에서 분당 최고 시청률을 기록했던, 모 연예인이 사투 끝에 엄청난 크기의 물고기를 낚는 장면을 찍은 것은 녀석 덕분이었다.

하라레의 호텔에서 이틀을 묵은 뒤 촬영 장소인 세이브밸리로 출발했다. 짐바브웨의 남동쪽에 있는 이 야생동물 보호구역에 리카온 무리가 살고 있다. 녀석들은 다이커영양, 임바발라, 케이프그리스복 같은, 우리 눈에는 다 비슷해 보이는 영양 종류를 잡아먹으며 모잠비크 국경을 넘나들었다.

첫날에는 리카온 발견에 실패했다. 그때만 해도 야생 코끼리와 기린을 볼 때마다 다들 신기해했다. 코뿔소를 마주했을 때는 리웨 총감독도 차를 세우고 한참을 구경했다. 이튿날 오후에 현지 가이드가 리카온을 발견했다며 다급하게 무전을 보냈다. 과연 열다섯 마리로 이루어진 리카온 무리가 눈앞에 나타났다.

녀석들을 마주했을 때 들었던 첫 느낌은, 하이에나보다는 조금 낫긴 해도, 뭐 이렇게 못생겼냐는 것이었다. 시청자들은 못생긴 동물에게는 별 관심이 없다. 하는 짓이 귀엽냐 하면 그것도 아니다. 새끼들이 노는 걸 보면 강아지와 비슷한데, 기본적으로 사람에게 별 관심을 두지 않았고 개처럼 짖거나 꼬리 치지도 않았다. 사냥할 때 보여주는 집요함과 성공률에 놀라긴 했지만, 그 과정도 결과도, 좋은 그림이 나오지 않았다.

"선배님, 어떠세요? 그림이 영 별로인 것 같은데. 이거 느낌이 싸한데요."

"내 말이. 이러다가 나중에 덤터기 쓰겠는데."

"어떻게 할까요?"

"서 PD한테 보내서 어느 정도 커버될지 견적 좀 내보라고 해."

첫 촬영을 마치고 숙소에서 촬영본을 보며 진 PD가 조연출과 대화를 나눴다. 사실 영상을 보지 않아도 현장에서 이미 예감한 상황이었다.

총감독인 리웨는 다큐멘터리 촬영 경험이 많은 자신들이 촬영을 주도하고 한국 쪽이 포스트 프로덕션, 후반 작업을 맡는 것으로 업무 분담을 했다. 후반 작업을 맡는다는 것은 작품의 완성도를 책임진다는 걸 의미한다. 프리프로덕션 단계에서는 모든 작업을 반씩 나누기로 했는데 말이 바뀐 것이다.

리카온 무리를 발견하여 촬영을 시작하자마자 사냥하는 장면을 찍었다. 그때만 해도 분위기는 좋았다. 우리보다 먼저 리카온을 촬영했던 BBC 팀도 첫 사냥 장면을 촬영할 때까지 꽤 시간이 걸렸다는 걸 알고 있기 때문이었다. 우두머리 암컷이 제법 몸집이 큰 다이커영양을 쓰러뜨리는 모습에는 촬영팀 모두가 환호했다. 하지만 리카온이 식사를 시작하자 분위기가 바뀌었다.

사냥에 자주 실패하는 동물이란 걸 알면서도, 사람들이 사자나 치타를 좋아하는 것에는 다 이유가 있다. 고양잇과 특유의 우아한 잠복, 단번에 해결하는 비장한 킬러의 면모를 보면 절로 숨을 죽이게 된다. 먹잇감을 향해 휘두르는 사자의 무시무시한 앞발, 요염한 척추를 드러내며 경이로운 질주를 보이는 달리기 챔피언 치타의 눈물선은 시청자의 눈을 사로잡는다. 고양잇과 동물은 사냥감을 제압한 뒤 커다란 송곳니로 숨통을 끊고 먹는 경우가 많다.

리카온은 각목 하나 들고 상대를 끝까지 쫓아가는 깡패다. 커다란 심장과 폐 덕분에 속력, 체력, 민첩성 같은 신체적 능력에서 골고루 상위권에 속한 포식자다. 여기에 영리한 전략이 더해져 지구 최고의 사냥꾼이 되었다. 가젤처럼 작은 녀석을 사냥할 때는 한곳으로 몰고, 덩치 큰 새끼 코끼리나 기린, 누를 사냥할 때는 떼로 덤벼들어 쉬지 않고 약점을 공략한다. 그러고는 사냥감이 여전히 숨을 쉬고 있는 상태에서 식사한다.

쓰러졌던 다이커영양이 다시 도망가려고 네 발로 힘겹게 몸을 일으키는 장면을 찍을 때였다. 리카온 서너 마리가 녀석의 엉덩이와 뒷다리를 물고 늘어졌다. 우두머리 암컷이 영양의 복부 쪽에 이빨을 꽂아 넣고는 머리를 세차게 흔들었다.

잠시 뒤 카메라에 담긴 건 여전히 네 발로 땅을 딛고 있는 다이커영양의 배가 찢어져 창자가 새어 나오는 장면, 그리고 리카온들이 그 내장을 맹렬하게 물어뜯으며 삼키고 있는 모습이었다. 야생의 법칙이라지만 인간의 시선으로는 끔찍해 보였다.

명품 다큐멘터리를 만들려면 보통 삼 년 이상이 소요된다. 하지만 한국과 중국의 방송국에서 자연 다큐멘터리 촬영에 투자하는 시간은 짧으면 서너 달, 길어야 일 년 정도다. 이번 촬영은 한중 수교 30주년 기념이라는 타이틀을 단 만큼 촬영부터 편집까지 모든 시간이 촉박했다. 짐바브웨 현지 촬영에 부여된 시간은 모두 석 달이었다.

찍다 보니 리카온을 어떤 방향으로 다루어야 하는지 감이 오긴 했다. 단순히 이들의 생태를 소개하는 게 아니라 무리 간의 갈등이나 특정 개체의 생애를 다루는 내러티브가 필요했다. 그러기 위해서는 야생에서 생활하는 동물에게 지극히 인간적인 잣대를 들이밀어 해석하고, 촬영 대상에 인격을 투영해야 한다. 나는 그런 식으로 구성한 다큐멘터리를 좋아하지 않는다.

리웨 총감독은 위대한 우두머리를 둔 리카온이 왕국을 확장한다는 서사 구조를 택했다. 짐바브웨는 물론 북으로는 모잠비크와 말라위, 남으로는 남아프리카공화국과 에스와티니 왕국까지 영역을 넓히며 황금시대를 여는 영웅에 대한 다큐멘터리로 방향을 잡은 것이다. 그 얘기를 들은 진 PD가 그게 뭐냐고 코웃음을 쳤지만, 중국은 물론 한국의 방송국에서도 리웨의 기획이 훌륭하다며, 그렇게 진행하라는 답변을 보냈다.

세이브밸리에 머무르며 캠핑 생활을 했다. 군대에서도 야외훈련은 4박 5일을 넘지 않았다. 무려 한 달 동안 야전 생활을 했으니 다들 정신이 나간 상황이었다. 면도는 사치였고, 양치마저 귀찮았다. 처음에는 서로의 몰골을 놀리기도 했으나, 나중에는 눈을 마주치는 것도 귀찮아졌다. 무전기, 렌즈, 카메라 배터리, 메모리 카드가 번갈아 가며 말썽을 일으켰다. 하지만 그런 건 문제도 아니었다.

오전 촬영을 마치고 트럭 위에서 식사하고 있을 때였다. 멀리서 차가 다가오는 소리가 들렸다. 엔진 소리만 들어도 사파리 관광객을 태운 차가 아니라는 걸 알 수 있었다. 차는 우리 옆에 멈췄고, 운전석에서 내린 건 몇 번 얼굴을 보았던 국립공원 관리자였다. 이어서 말쑥한 양복을 입은 남자가 뒷자리에서 내렸다. 마스빙고주 정부의 공무원이라고 했다. 우리나라로 치자면 도청 동물방역위생과 직원이다.

"리카온을 찍고 계시다고요?"

"네. 덕분에."

"오늘부터 촬영 못 합니다. 촬영 금지입니다."

"네?"

진 PD가 당혹스러운 표정을 지었다. 양복 차림의 공무원은 단호한 표정을 지으며 서류를 꺼내 보여주었다. 그의 영어 발음은 미국 유학파인 진 PD보다 유창했다. 왜 손에 흰색 라텍스 장갑을 끼고 있었는지는 지금까지도 미스터리다.

미스터리는 블랙이 나를 부르는 호칭이기도 하다. 중국 스태프는 나를 "리 선생"이라고 불렀고 한국 스태프는 나를 "감독님"이라고 불렀다. 블랙이 내게 호칭을 뭐라고 하면 좋겠냐고 하기에 한국 이름으로 불러달라고 했더니 발음하기 어렵단다. 그래서 "미스터리"라고 부르라고 했더니 'Mr. Lee'가 아닌 'mystery'로 부르기 시작했다.

서류를 확인한 진 PD는 상대에게 재차 질문을 던졌다. 양복 남자는 그때부터 어려운 단어를 사용하기 시작했다. 그래서 나는 그가 무슨 말을 하는지 알아듣지 못했다. 그가 다시 차를 타고 떠나자 진 PD는 마스빙고주에 광견병이 유행해서 촬영을 접게 됐다는 얘기를 전해주었다.

스무 명도 넘는 주민이 광견병으로 죽자 아프리카돼지열병에만 관심이 쏠려 있던 주 당국도 뭔가 조처해야 했다. 그 지역에서 사람이 기르는 개는 대부분 목양견이라 예방 접종을 시작했는데, 리카온 같은 야생동물은 그게 불가능하니 접근 금지 명령을 내렸단다. 날벼락이 떨어졌다.

방송 일을 시작하면서 촬영장에서의 안전불감증은 선택이 아닌 필수였다. 그건 중국 촬영팀도 마찬가지였다. 현장에서 사고보다 두려운 건 일정에 맞추지 못하는 것이다. 벌써 한 달을 찍었는데, 이제 곧 우두머리 암컷이 새끼를 낳을 텐데, 세이브밸리를 떠나야 했다. 리웨 총감독이 여기저기 연락하며 고래고래 소리를 질렀지만 통하지 않았다.

한 달 동안 리카온을 찍으며 그들의 특성을 많이 이해했지만, 결국 방송으로 내보낼 수 없는 것만 찍은 꼴이 되었다. 헛수고였다. 중국과 한국 방송사가 다급하게 화상 회의를 시작했다. 저녁 무렵 새로운 장소를 섭외했다는 소식을 받았다. 결국 BBC 팀이 촬영했던 마나풀스 국립공원이었다. 다들 허탈한 마음으로 짐을 꾸렸다. 12시간 동안 비포장도로를 달려 마나풀스에 도착했다. 짐바브웨를 대각으로 횡단한 것이다.

공원 입구에서 입장권을 산 뒤 한참 들어가다 보면 검문소가 나온다. 그곳에서 입장권과 예약 명단을 확인한 뒤 잠베지강 바로 앞에 있는 롯지에 도착했다. 천재지변에 가까운 일을 당해 침통한 분위기였는데, 숙소에 도착하니 거짓말처럼 모두 밝은 표정이 되었다. 한 달 동안 야영장에 있다가 사방에 벽이 있고 튼튼한 천장이 있는, 제대로 된 건물을 만난 게 반가웠기 때문이었다.

오래도록 누리지 못한 문명을 누리게 됐지만, 이곳이야말로 진짜 아프리카였다. 세이브밸리에서는 리카온을 따라다니다가도 가끔 민가를 볼 수 있었다. 마나풀스는 롯지 몇 곳을 빼면 주변 수백 킬로미터가 야생이었다. 바로 앞에 흐르는 잠베지강 저편은 잠비아였다. 강의 포악한 주인인 악어, 그 악어조차 평화주의자로 만드는 하마들은 하루에도 몇 번씩 국경을 넘나들었다.

다음날부터 재개될 촬영을 앞두고 롯지에서 보낸 24시간은 모두에게 귀했다. 마음껏 먹고 마셨고, 잠베지강을 구경했다. 관광객처럼 사진도 찍었다. 게임 드라이브를 나간 스태프들도 있었다. 나는 숙소 침대에 누워서 시간이 빨리 흐르기만을 바랐다. 깜빡 잠이 들었다가 누군가 다투는 소리에 깼다.

창문에서 누군가가 나를 빤히 바라보고 있었다. 원숭이였다. 손짓으로 내쫓은 뒤 창문을 살짝 열고 고개를 내밀어 누가 다투는지 엿보려고 했다. 내 옆 방은 문 앞에 작은 테라스가 있었는데, 그곳에서 나는 소리였다. 리웨 총감독이 알아들을 수 없는 중국어로 자기 조연출을 혼내고 있었다. 말로만 혼내는 게 아니라 손찌검까지 시작했다.

나를 충격에 빠지게 했던 건 열중쉬어를 한 채 얻어맞고 있는 조연출의 표정이었다. 리웨에게 귀싸대기를 맞고는 어색한 웃음을 지었다. 어디서 분명히 본 듯한 표정이었다. 리웨는 그것이 못마땅했는지, 이번에는 주먹으로 조연출의 배를 때렸다. 그러자 조연출은 고통으로 얼굴을 일그러뜨렸다. 그 표정도 어딘가 익숙했다. 리웨는 다시 그의 양 뺨을 번갈아 때렸다. 조연출은 울기 시작했다.

리웨의 폭력은 그동안 까맣게 잊고 있던 내 어린 시절의 기억 한 조각을 호출했다. 중학교 1학년 때였으니 벌써 몇 년 전인가. 당시의 내 얼굴 모습이나 교복 상의 색깔 같은 건 희미하다. 다만 우리가 '상태'라고 불렀던 그 친구에 대한 기억만큼은 아직도 선명하다. 내게 중학교 시절은 훈련소나 고3 때보다도 더 끔찍한 기억으로 남아 있다.

빵빵이로 걸린 신설 중학교는 집에서 버스로 40분이 넘게 걸리는 곳에 있었다. 코앞에 있는 초등학교에 다니다가 만원 버스에 몸을 싣는 생활에 적응하는 건 쉽지 않았다. 가장 힘들었던 건 사춘기에 접어든 수컷들의 과도한 공격성이었다. 초등학교 때는 대부분이 동네 친구였는데, 이제는 처음 보는 별 이상한 애들이 다 모였다.

학교 건물 완공이 안 된 상태라서 입학식은 근처 중학교를 빌려서 했다. 사내들만 모인 교실은 선생이 없으면 곧장 전쟁터로 변했다. 공사 자재가 학교 곳곳에 쌓여 있었다. 그곳에 있던 벽돌을 들고 와 머리를 찍던 녀석은 근신, 각목으로 허리를 후려 병원에 실려 보낸 녀석은 유기정학 며칠, 솜방망이 처벌이었다. 쌍팔년도가 아니라 90년대 중학교인데도 그랬다. 교사들의 폭력도 상상을 초월했다. 슬리퍼 바닥으로 학생 뺨을 때리는 건 약과였다.

어느 정도 싸움 서열이 정해지자 조금 나아지는가 싶었다. 교실 뒷자리는 육식동물, 앞자리는 초식동물의 몫이 되었다. 가끔 초식동물끼리도 서열 다툼이 일어났는데, 주로 육식동물들이 부추겼기 때문이었다. 초등학교 때 내내 순둥이였던 땅꼬마 민교가 재남이의 코뼈를 부러뜨린 뒤 포효하던 모습을 보았다. 부모님끼리도 친분이 있던 그와 예전처럼 지낼 수 없었다.

'상태'라는 별명이 붙은 혁태는 겉모습부터 어딘가 부족해 보였다. 머리에는 비듬이 심하게 많았고, 코딱지와 콧물을 교복 바지에 문질러 닦는 습관 때문에 양 허벅지 부근이 번들거렸다. 말이 어눌하여 자신의 의사를 표현하지도 못했다. 노는 애들은 그에게 관심을 두지 않았고, '상태가 좋지 않다'는 이유로 '상태'라는 별명을 붙였다.

가끔 자신이 만만치 않다는 걸 증명해야 했던 초식동물들이 녀석을 이용하면서 문제가 시작됐다. 그날 점심시간에 재남이도 그랬다. 맨 앞자리에 앉은 녀석과 티격태격하며 주먹질 직전까지 갔다가 애들이 말리자 씩씩거리며 자리에 앉더니 뜬금없이 상태에게 시비를 걸었다. 상태는 아직 밥을 먹는 중이었다.

"뭘 꼬라봐, 병신 같은 게. 눈 안 깔아?"

상태는 재남이가 왜 그러는지, 그가 한 말이 무슨 의미인지 이해하지 못했다. 그저 자신에게 말을 걸었다는 것을 인식했기에 반사적으로 재남이의 얼굴을 뻔히 쳐다볼 뿐이었다.

"존나 씨발 새끼가. 야, 눈 깔라고."

재남이가 자신의 눈앞에 종주먹을 흔들며 얘기해도 상태는 상황을 파악하지 못했다. 재남이가 보여준 시각과 청각 정보는 상태가 이해할 수 있는 영역 밖에 있었다.

자신을 우습게 본다고 생각한 재남이는 스스로 분노 게이지를 끌어 올렸다. 짧은 시간 동안 급속도로 흥분한 녀석이 자리에서 벌떡 일어나 상태의 멱살을 잡고는 뺨을 후려갈겼다. 찰싹. 커다란 소리가 교실에 울렸다.

"좆밥 새꺄. 내가 만만해?"

갑자기 뺨을 얻어맞은 상태는 여전히 자신이 왜 맞았고, 이제 어떻게 처신해야 하는지 알지 못했다. 상대가 화가 났다는 것만은 파악했는지, 조금은 민망하게, 어색한 웃음을 지었다. 재남이는 그 웃음이 자신을 만만하게 본다는 신호라고 해석했다. 상태가 자리에서 일어나자 재남이는 움찔했다. 알고 보니 그가 일어났던 건 똥이 마려워서였다.

퍼억. 재남이는 주먹으로 상태의 얼굴을 후려갈겼다. 맞대응을 하기 전에 제압하려고 했던 것이었다. 이어서 발차기로 상태의 엉덩이, 허벅지를 가격했다. 구경꾼인 반 아이들에게 자신이 이 정도의 공격력을 가지고 있다는 걸 과시하려는 것이었다. 물론 전혀 위협적이지 않았지만. 상태가 상체를 숙이자 이번에는 배를 향해 무릎을 찔러 넣었다.

반장이었던 나는 방관자였다. 매 수업 시작과 끝, 조례와 종례 시간마다 "차렷. 선생님께 경례!"를 외치고, 가끔 담임의 심부름을 하고, 환경 미화 때 이틀 정도 고생하는 게 반장의 일이었지, 싸움을 말리는 건 내 소관이 아니었다.

복부를 무릎으로 맞은 상태가 얼굴을 일그러뜨렸다. 워낙 못생긴 얼굴이었는데 인상까지 쓰니 더욱 끔찍했다. 마주하고 있던 재남이도 그렇게 생각했을 것이다. 갑자기 벌레라도 본 듯한 표정이 되었다. 그때까지는 상태를 샌드백처럼 여기며 평소에 못 해 본 공격 동작을 다 써먹던 녀석이 마구잡이로 난타를 가했다. 상태의 보온밥통이 바닥에 떨어져 뒹굴었다.

"때리지 마!"

상태가 울면서 소리친 말이었지만, 입 모양을 보고 제대로 알아들은 사람은 나뿐이었을지도 모른다. 다른 애들의 귀에는 "애이디 마"라고 들렸을 테니까. 재남이의 폭력은 멈추지 않았고, 상태는 울기 시작했다. 재남이는 상태의 머리끄덩이를 붙잡았다가 손에 비듬이 묻어나오자 욕을 하며 발로 찼다.

"그만해라."

보다 못한 내가 간섭했다.

재남이는 상태를 노려보았던 그 불타오르는 눈빛으로 교실을 훑으며 누가 감히 끼어들었는지 찾아내려 했다. 그리고 그게 자신보다 훨씬 덩치가 큰, 아직 싸우는 모습을 본 적은 없지만 뒷자리 애들도 함부로 못 건드리는, 반장인 걸 알고는 눈에 힘을 뺐다.

상태는 울면서 화장실로 뛰어갔다. 그리고 점심시간이 끝나고 나서도 교실로 돌아오지 않았다. 재남이는 상태가 담임에게 일러바쳤을까 봐 불안해했다. 5교시를 마치고 영어 선생이 과제물 옮기는 걸 도와달라며 나를 불렀다. 함께 과제물을 들고 교무실에 들어갔을 때 우리 담임 자리에서 얘기를 나누던 아주머니가 보였다. 상태의 어머니라는 직감이 들었다.

화장실에 가기도 전에 바지에 똥을 지린 상태는 슬리퍼를 신은 채로 곧장 집으로 걸어갔단다. 수업을 마치고 애들과 운동장에서 농구를 하다가 상태 어머니가 운동장을 가로질러 가는 모습을 보았다. 아들이 두고 온 책가방과 보온밥통, 운동화를 손에 들고 있었다.

그날 이후로 나는 은근히 상태를 보호했다. 귀찮은 일이었고 보람도 없었다. 유일하게 자기편을 들어주는 나에게도 신뢰를 보이지 않았기 때문이었다. 교실에서 어떻게 행동해야 해코지를 당하지 않는지에 대해 조곤조곤 설명 해주어도 상태는 듣고 싶어 하지 않았다.

첫 중간고사에서 나는 전교 7등을 했다. 입학할 때 4등이었으니 하락한 것이다. 신설이어서 다른 학교에 비해 수준이 떨어진다는 것을 고려하면, 과학고등학교에 가기 힘든 성적이었다. 그래서 마음에 여백이 없었던 것일까.

시험 볼 때 다리를 떨었다는 이유로, 상태는 애들에게 또 한바탕 괴롭힘을 당했다. 나는 녀석의 짝과 잠시 자리를 바꿔 앉아 다리를 떨지 말라고 열심히 지적해 주었다.

"아흐아, 나 싫어! 몰라!"

상태는 갑자기 큰 소리를 내고는 내 말을 듣지 않으려고 귀를 막았다. 그래도 내가 계속 잔소리를 하자 녀석은 책상 위에 고개를 처박고 양손으로 머리를 벅벅 긁었다. 하얀 비듬이 고동색 책상 위로 우수수 떨어져 하얗게 쌓였다. 나 역시 호르몬이 왕성하게 분비되고, 인지 능력과 감정이 균형을 이루지 못하는 사춘기 소년이었다. 녀석의 팔을 강하게 붙잡았다.

"너 저리 가."

상태가 두 팔로 나를 밀어내기까지 하자 내 안에 잠들어 있던 사나운 짐승 한 마리가 튀어나왔다. 녀석에 대한 분노 때문만은 아니었을지도 모른다. 성적에 대한 불안, 그동안 상태를 괴롭혔던 녀석들에 대한 불만, 마음에 들지 않는 녀석들을 혼쭐내주고 싶어도 모범생이라는 이미지를 지켜야 하는 압박 때문에 그동안 꾹 눌러 참아왔던 분함이 뒤섞였을 것이다.

보란 듯이 계속 다리를 떨며 피가 나도록 머리를 세게 긁던 상태의 멱살을 잡았다. 그런데 재남이에게도 보였던 겁에 질린 표정을, 녀석은 내게 보이지 않았다. 그게 나를 더 자극했다. 기어이 주먹을 휘두르고야 말았다.

퍽.

상태는 교실 바닥으로 쓰러졌다. 녀석의 코에서 피가 흘렀다. 그때 반 친구들의 표정을 잊을 수 없다. 초등학교 동창 민교는 그것 봐, 너도 그런 놈이잖아, 하는 얼굴로 나를 바라보고 있었다.

녀석을 때리자마자 내 충동을 후회했다. 바닥에 누운 녀석을 안아 일으켜주려고 했다. 하지만 내게 중요했던 건 이 모든 광경을 지켜보고 있는 반 아이들, 그들에게 비친 내 입지였다. 이왕 엎어진 물, 그거라도 챙기기로 마음먹었다.

"이 병신 새끼가. 내가 오냐오냐해주니까 만만하냐? 뭘 쳐다봐, 이 씨발 새끼들아!"

내 목소리가 교실에 쩌렁쩌렁 울렸다. 교실 전체를 싸늘하게 둘러보는 내 눈빛과 감히 마주치는 녀석은 없었다. 다들 시선을 피했다. 맨 뒷자리 애들도 마찬가지였다. 당시 이미 2차 성징을 마쳤던 나는 선생님들보다 덩치가 컸다.

한동안 누워 있던 상태는 전처럼 울지 않았다. 대신 아무 말도 없이 가방을 싸더니 집으로 가버렸다. 이번에는 재남이 대신 내가 마음을 졸였다. 일주일 만에 다시 학교로 돌아온 상태를 보고 비로소 안도했다. 하지만 여름방학이 끝나고 2학기가 시작되자 상태는 보이지 않았다.

상태가 특수학교로 전학 갔다는 얘기를 듣자 그의 어머니가 떠올랐다. 녀석이 화장실로 뛰어갔다가 집에 가버린 날, 담임은 교무실에서 상태 어머니에게 나를 소개해 주었다. 자기 아들이 조금 부족하지만 나쁜 아이는 아니라고, 이곳에서 무사히 졸업할 수 있도록 잘 부탁한다며, 어머님은 내 손을 꼭 잡았었다.

이제 와 생각해 보면 상태는 이미 수염이 거뭇거뭇했다. 혹시 우리보다 나이가 많았던 건 아니었나 싶기도 하다. 이제 중년이 되었지만, 나는 중학교 1학년 시절을, 그 일련의 사건을 잊을 수 없다. 나는 폭력의 방관자였으며, 종국에는 가해자로 그와 인연을 마쳤다.

***

마나풀스 국립공원과 인근에 있는 사파리를 합친 크기는 경기도와 비슷하다. 그 유명한 세렝게티에 비하면 작다고 볼 수 있지만, 리카온 왕조가 정착하기에는 충분한 크기였다. 이곳에서 인간에게 발견된 첫 번째 리카온 왕조의 우두머리 이름은 엠퍼러였다.

엠퍼러는 본래 보츠와나 북부에 살고 있었다. 하이에나 무리의 침입을 견디지 못한 그는 무리를 이끌고 카리바호 근처로 옮겨 임시 터전을 잡았다. 그러다 잠베지강을 따라 이동해 마나풀스에 정착했다. 리카온의 생존에 가장 위협적인 존재, 인간이 살지 않는다는 점에서 최적지였다.

열 마리 남짓했던 무리는 금세 두 배로 커졌다. 영토도 확장하며 꽤 오래 번성했다. 그랬던 엠퍼러 왕조를 위협했던 건 강 건너 북쪽 로우어 잠베지 국립공원에서 남하한 떠돌이 리카온 무리였다. 모두 젊은 수컷으로만 이루어진 그들은 암컷 위주로 이루어진 엠퍼러 왕조를 찬탈할 작정이었다.

떠돌이 무리는 엠퍼러의 활동 영역 주변에 자신들의 냄새를 남겼다. 그리고 그 범위를 좁혀가며 엠퍼러 무리를 압박했다. 출산을 앞두고 있던 엠퍼러는 자신의 왕국에서 침입자가 남긴 마킹과 마주할 때마다 심한 스트레스를 받았다. 그리하여 조산하기에 이르렀다.

리카온 무리에서 임신과 출산을 할 수 있는 건 오로지 우두머리 부부뿐이다. 많으면 열 마리까지 새끼를 낳는다. 어미 젖을 먹던 새끼들은 한 달만 지나도 고기를 찾기 시작한다. 엠퍼러가 낳은 새끼는 여덟 마리였다. 사냥의 달인인 리카온이라고 해도 어른들 먹는 것에 더해 새끼들 몫까지 챙기려면 쉬지 않고 사냥을 나가야 했다.

엠퍼러 무리의 성체들이 사냥하러 나가면 나이 많은 암컷 리카온 혼자 새끼들이 있는 굴을 지켰다. 떠돌이 무리는 그 틈을 노려 본격적인 침략을 시작했다. 녀석들은 암컷 리카온을 단번에 제압한 뒤 새끼 여덟 마리를 모두 죽이고 뜯어 먹었다. 사냥에서 돌아온 엠퍼러 무리는 새끼가 한 마리도 남지 않았다는 것을 발견했다. 그들의 굴에는 침략자들의 냄새가 진하게 남아 있었다.

떠돌이 무리가 재차 기습해 온 것은 달도 뜨지 않는 밤이었다. 고양잇과 동물이 사냥하는 시간이어서 리카온 무리는 웬만해서는 서식처를 벗어나지 않는다. 잠을 자고 있던 엠퍼러 무리가 뭔가 이상한 느낌에 굴 주변을 살피려 했을 때는 이미 떠돌이 무리에게 둘러싸인 뒤였다. 야음을 틈타 적은 머릿수로도 포위 작전에 성공한 떠돌이 무리의 흉포함은 여느 리카온과 달랐다.

리카온은 치열하게 세력 다툼을 벌여도 동족이 죽을 정도까지는 공격하지 않는다. 심지어 원수 같은 하이에나 무리와 싸울 때도 그렇다. 어느 한쪽이 전의를 버리고 물러나면 그냥 보내준다. 그런데 떠돌이 무리가 엠퍼러 무리에게 가한 공격 방식은 임팔라를 사냥하는 것과 같았다. 야생에서도 거의 볼 수 없는 잔인함이었다.

다음날 해가 떠오르자 간밤의 처참했던 현장이 그대로 드러났다. 굴 주변에 피가 낭자했고, 리카온 사체도 여럿이었다. 굴의 주인이 바뀌었다. 엠퍼러는 죽었고, 새로운 통치자가 왕조를 잇게 되었다. 굴복하지 않고 도망친 녀석 중 둘은 사자의 먹이가 됐고, 다급하게 잠베지강을 건너다가 악어 밥이 된 녀석도 있었다. 새로운 왕조의 우두머리는 몸집은 작아도 무자비하고 교활한 시저였다.

시저는 흡수한 엠퍼러 무리의 암컷 하나를 간택해 자기 새끼를 낳게 했다. 녀석은 새 왕조를 확장하려는 야심으로 불타올랐다. 하지만 마나풀스에도 덩치가 커다란 점박이하이에나 세력이 있었다. 그들의 구역을 지나면 무려 사자가 다스리는 영역이다. 세상에 완전한 낙원이라는 건 없다. 그렇다고 환경을 탓하는 동물은 없다. 시저는 자기 부하들을 엄격하게 통치하며 정권을 이어갔다.

엠퍼러가 짐바브웨로 이주하게 만든 것은 하이에나였고, 그를 시해하고 새 왕조를 일으킨 시저의 발목을 잡은 것도 역시 하이에나였다. 시저 무리가 수컷 리추에를 쫓던 이른 아침이었다. 막다른 곳에 몰려 덤불을 헤집던 리추에의 탐스러운 뿔이 나뭇가지에 걸렸다. 리추에는 죽음을 받아들일 수밖에 없었다. 다 잡은 먹잇감으로 향하던 리카온 무리 앞에 굶주린 점박이하이에나가 나타났다.

숫자가 비슷하니 승산은 없었다. 아까운 먹잇감을 포기하는 게 순리였다. 정말 그 리추에가 탐이 났던 건지, 아니면 부하들 앞에서 강한 모습을 보이기 위해서였는지, 시저는 리추에 앞을 막아선 채 점박이하이에나에게 적의를 드러냈다. 그러자 공들이지 않고 리추에를 차지하려 했던 점박이하이에나들도 약이 올랐다. 시저의 도발이 도를 넘자 심상치 않은 분위기로 전개됐다.

점박이하이에나 중 가장 덩치가 큰 녀석이 이빨을 드러내며 시저에게 맞섰다. 리카온의 치악력이 아무리 세다고 해도, 늑대보다 강한 아래턱을 가졌다고 해도, 상대는 코끼리 뼈도 씹어먹는 수준이다. 숫자에서 확실한 우위가 있지 않은 이상 리카온이 점박이하이에나와 싸워서 이길 승산은 없었다. 몸집이 절반도 안 되는 시저는 그제야 정신이 들었는지, 조금 전의 도발이 무색할 정도로 우스운 꼴이 되어 몸을 피했다.

시저 무리는 자신들의 영역으로 도망치면서 최소의 응전만 이어갔다. 하이에나들이 코밑까지 쫓아오면 뒤돌아서 방어하기를 반복했다. 그렇게 다시 러코메시강을 건널 무렵, 시저의 충복이었던 슬레이어는 이미 역성혁명을 꿈꾸고 있었을지 모른다. 어떤 명분이나 이득을 기대할 수 없는 소모적인 싸움 때문에 여러 마리가 상처를 입었고, 시저는 앞다리 중 하나를 절게 되었다.

그날 저녁, 리카온 무리 중 가장 덩치가 컸던 슬레이어가 시저에게 대항했다. 시저는 저항하는 대신 꼬리를 내리며 쿠데타에 굴복했다. 큰 부상이 곧 죽음을 의미하는 야생이지만, 리카온은 늙거나 다친 동료를 끝까지 건사하는 의리 있는 동물이다. 시저는 오래도록 동료들이 가져다주는 먹이로 연명하며 살다가 숨을 거두었다.

새롭게 열린 슬레이어 왕조는 오래 가지 못했다. 강가에서 물을 마시고 있던 새끼 기린을 사냥하던 때였다. 숨을 죽인 채 다가가 덮치려던 슬레이어의 몸에 커다란 그림자가 드리웠다. 헐레벌떡 뛰어온 어미 기린이었다. 슬레이어는 분노한 어미 기린의 뒷발에 맞고 공중으로 몇 미터를 날아갔다. 땅에 떨어졌을 때 이미 숨이 끊어진 상태였다.

그의 형제인 머스탱이 왕위를 이어갔지만, 운이 좋지 않았다. 녀석들의 보금자리인 굴 근처에는 하마들이 진흙 목욕을 즐기러 오는 히포 풀즈가 있었다. 그 늪지대에 인간의 모습이 자주 보이기 시작했다. 경비행기를 위한 활주로 공사가 시작된 것이었다. 그와 함께 세계 각지에서 몰려오는 사파리 관광객을 위한 야영장과 롯지 건설이 이어졌다.

인간의 등장은 야생동물에게 불행을 안겨주기 마련이다. 머스탱을 포함한 세 마리의 리카온이 사냥꾼의 총에 맞아 죽었다. 재수 없게 생겼다는 이유였다. 리카온의 왕위 계승은 핏줄을 따르는 게 보통이지만, 이 왕조는 이때까지 단 한 번도 평화로운 정권 교체를 이루지 못했다.

머스탱의 자리를 차지하게 된 것은 가장 연장자였던 테이블이었다. 테이블은 노련한 전략가였다. 왕조의 미래를 설계하려면 먼저 안전을 확보하고, 개체수를 늘려야 했다. 그는 바싹 마른 러코메시 강을 건너 서쪽에 있는 우룽웨 지역으로 터를 옮겼다. 그때 리카온 무리는 고작 일곱 마리에 불과했다.

그 지역 터줏대감은 개코원숭이였다. 전투력으로만 비교하자면 리카온이 우위지만, 개코원숭이의 사자보다 큰 송곳니는 치명적이다. 숫자도 워낙 많았다. 테이블은 개코원숭이 무리와 불가침 조약을 제안했다. 이따금 나타나 새끼들을 잡아먹는 표범이 골칫거리였던 개코원숭이 우두머리는 그 제안을 수락했다. 영장류다운 영리한 선택이었다.

숫자가 적더라도 리카온은 위협적이다. 그들과 이웃해 살면서 적대 관계로 지내는 건 개코원숭이에게도 부담이었다. 리카온과 우군으로 지내면 자신들보다 훨씬 뛰어난 그들의 시력과 청력, 천적인 표범을 무찌를 수 있는 강한 무력을 지원받을 수 있다. 테이블 역시 개코원숭이와 우호적인 관계를 맺으면 새끼의 안전을 확보할 수 있고, 나무 위에서 침입자를 경계하는 고가초소를 공짜로 얻게 된다.

물론 야생에서 동맹이란 건 일시적일 수밖에 없다. 그럼에도 좋은 관계가 지속된 건 주고받는 게 있기 때문이었다. 테이블 무리가 젖먹이 새끼들을 굴에 남겨두고 사냥을 나가면, 개코원숭이 암컷들이 보모가 되어 굴 주변을 지켜주었다. 테이블은 그 대가로 가끔 육질이 부드러운 톰슨가젤을 개코원숭이들에게 선물로 주었다. 개코원숭이 새끼를 노리던 치타 부부를 리카온들이 혼쭐을 내준 적도 있다.

두 무리는 표범과 하이에나는 물론 떠돌이 사자의 침입에도 함께 대응해 무찔렀다. 그리하여 테이블 왕조를 이어갈 새끼 여섯을 모두 무사히 키울 수 있었다. 생후 두 달이 되자 테이블의 새끼들은 함께 사냥을 나가 어른들의 기술을 배울 정도로 빠르게 성장했다.

무지개가 뜬 아침이었다. 테이블 무리는 조회를 위해 모두 굴 밖으로 나와 서성거렸다. 녀석들은 개처럼 짖거나, 늑대처럼 으르렁거리는 대신 특이한 소리를 내며 커뮤니케이션을 한다. 마치 앵그리버드 게임에서 새들이 내는 소리와 비슷하다. 이른 아침이나 초저녁에 리카온이 모여 삐약삐약거리는 건 사냥을 준비한다는 신호다.

테이블이 인원 확인을 마치자 재채기 소리가 들리기 시작했다. 리카온은 사냥하기 전에 먼저 투표하는 과정을 거친다. 막내부터 우두머리까지 공평하게 한 표씩 행사할 수 있다. 재채기를 한다는 건 지금 사냥하러 가는 것에 동의함을 의미한다. 안건이 통과되자 무리는 사냥터로 향했다.

며칠 전부터 생긴 뿌연 먼지가 리카온 무리가 있는 우룽웨 쪽으로 다가왔다. 다들 그것이 누 떼일 것이라고 짐작했다. 그중 어린 녀석 한 마리만 잡아도 포식을 할 수 있다. 리카온 무리는 깃털 같은 꼬리를 가끔 흔들기도 하면서, 경쾌한 가벼운 발걸음으로 행군을 시작했다.

선두에 선 리카온의 우두머리인 테이블도, 나무 위에서 느긋하게 코를 파며 그들의 출정을 지켜보던 개코원숭이 무리의 우두머리도, 그날 오후 어떤 일이 벌어질지 예상조차 하지 못했다.

대격변

마나풀스에서 리카온을 촬영하기 시작한 지 일주일이 지났다. 우리가 짐바브웨에 입국할 때 이곳은 막 겨울이 시작된 후였다. 세이브밸리에서는 아침저녁으로 제법 쌀쌀해서 옷을 단단히 챙겨입어야 했다. 그곳보다 적도에 더 가까워서 그런지, 이곳 기온은 30도까지 올라 무더웠다. 그나마 한국의 여름처럼 습하지는 않아서 그늘에 있으면 참을 만한 게 다행이었다.

세이브밸리에서 리카온 발견에 연달아 실패하던 블랙이 마나풀스에서는 실력을 발휘했다. 촬영이 순조롭게 진행된 이유는 그가 리카온 무리를 쉽게 찾아냈고, 또 그들의 이동 경로까지 예측했기 때문이었다. 그가 운전하는 SUV 차 안에서 우리는 수많은 대화를 나눴다.

그는 사실 짐바브웨에서 꽤 엘리트에 속했다. 그웨루에 있는 미들랜드 주립대학에서 농업·환경·천연자원관리 학부를 졸업했는데, 그 대학이 명문인지 아닌지는 따질 필요가 없다. 짐바브웨에 종합 대학은 9개가 전부이기 때문이다. 그의 대학 동기 대부분은 가깝게는 남아프리카공화국으로, 멀리는 미국으로 일자리를 찾아 떠났다.

야생동물과 물 안보 문제에 큰 관심을 두고 있던 그는 대학을 졸업한 뒤 공원·야생동물 관리국PWMA에서 일하려고 했다. 가뭄 때문에 집단으로 아사하는 코끼리와 아프리카물소를 가만히 두고 볼 수 없어서였다. 하지만 아무리 노력한다고 해도 극빈국의 힘으로는 한계가 있다는 걸 깨달았다. 동물이 아니라 사람이 먹을 식수도 부족한 형편이었다.

우리처럼 짐바브웨의 동물을 촬영하고 취재하는 외국팀을 위한, 현지 코디네이터이자 통역 겸 가이드로 일하기 시작했다. 고용이 불안정하지만, 공무원보다는 훨씬 많은 돈을 벌고, 중간중간 자기 시간을 가질 수 있는 게 장점이었다. 동시에 환경운동을 하는 민간 단체에 들어간 그는 인터넷 사이트를 통해 짐바브웨의 현실을 전 세계에 알리고 있다. 마나풀스 지역의 야생동물에도 관심을 두며 공부를 계속했고, 리카온의 매력에 푹 빠지게 됐다.

블랙의 말에 의하면 현재 마나풀스 지역에 서식하는 리카온은 트램프라는 우두머리가 이끄는 스물두 마리가 전부였다. 추어 지역으로 건너간 무리가 있긴 한데, 잠비아 쪽으로 건너간 건지 아니면 전부 죽었는지 통 보이지 않는다고 했다.

처음에는 그가 수다스럽다고 생각했다. 그래서 거리를 두었던 게 사실이다. 그러다가 어느 순간 놀라운 사실을 알게 되었다. 그가 래퍼처럼 라임과 운율을 맞추며 영어로 길게 이어가는 얘기를 내가 다 알아듣고 있는 것이었다. 이 나라에 오기 전까지 오래도록 집에서 빈둥거리기만 했던 내 영어 실력이 갑자기 늘었을 리는 없다.

고등교육을 마치고 공인 영어시험에서 괜찮은 성적을 거두긴 했으나, 그렇다고 영어에 자신 있다고 말할 수 없는, 흔한 아시아 사람인 내가 갑자기 영어 듣기 영재가 된 건 블랙 덕분이었다. 그는 비슷한 뜻을 가진 여러 단어 중 가장 쉬운 걸 채택했고, 비문이 되더라도 문장 구조를 과감하게 생략한 표현을 사용했다.

그 덕분에 인천공항을 떠날 때부터 전형적인 동북아 아저씨처럼 화난 표정으로 입을 꾹 다물고 있던 나도 말문이 트였다. 그는 내게 마나풀스의 리카온 왕조 역사 얘기를 들려주었다. 나는 그에게 전쟁 폐허였던 한국이 선진국이 된 얘기, 그럼에도 짐바브웨 사람들보다 불행하게 사는 이들의 얘기를 들려주었다.

"화이트, 여기는 레드 원. 오전 촬영 종료합니다."

"알았습니다. 이상."

오전 촬영을 마치고 점심 전에 레드 원, 레드 투, 화이트, 세 팀의 팀장급이 한자리에 모였다. 커다란 나무 아래에서 촬영 관련한 회의를 했다. 하루 세 번 진행되는 팀장급 회의는 내 소관이 아니어서 그동안 그립 팀장을 통해 내용을 전달받았다. 하지만 마나풀스에 오고 나서는 나도 회의에 참여하게 되었다. 여기에는 사연이 있다.

현장 스태프는 세 팀으로 구성되어 있다. 레드 원과 레드 투가 중국 팀이고, 화이트가 한국 팀이다. 팀 이름은 곧 무전을 칠 때 사용하는 호출 부호이기도 하다. 예로부터 붉은색은 중국인에게 성공과 행운을 상징했다. 중국 축구 국가대표 유니폼도 붉은색이다. 그런데 한국 축구 역시 붉은 악마로 유명하지 않은가. 중국이 호출 부호로 레드를 쓰겠다고 하자, 진 PD는 의외로 흔쾌히 그러라고 했다.

"내 말이 맞지? 저것들은 꼭 그런 사소한 걸로 기 싸움을 걸어요. 그러라고 했지. 왜냐? 우리는 백의민족이잖아. 그래서 우리 팀 이름은 화이트로 했습니다."

세이브밸리에서 첫 촬영에 들어가기 전이었다. 팀장급 회의를 마치고 온 진 PD가 어깨를 으쓱거리며 한국인 스태프에게 팀 이름을 공지했다. 조연출을 시켜 트럭에 흰색 깃발을 매달게 한 그가 말을 이었다.

"저놈들이 반만 알고 반은 몰라. 빨간색을 자기들이 먼저 쓰면 우리는 태극기에 있는 파란색을 선택할 줄 알았겠지. 그런데 내가 흰색을 선택한 이유가 뭔지 알아요? 쟤네들한테는 불길한 색이거든. 중국에서 축의금처럼 좋은 일이 있을 때 쓰는 돈봉투는 죄다 빨간색이야. 장례식 때만 흰색 쓰거든요. 죽음을 상징하지."

나로서는 이해할 수 없는 얘기였다. 리웨 감독이 중국인 스태프에게 "한국의 다큐멘터리 PD라면, 적어도 한국 호랑이 정도는 찍은 경력이 있어야 하는 거 아닌가. 초짜가 올 줄 몰랐다"라고 했다는 소문이 돌면서부터 부쩍 그의 섀도복싱이 늘었다.

진 PD가 흰색을 선택해서는 아니었겠지만, 중국 그립 팀에 좋지 않은 일이 생기긴 했다.

ENG를 비롯한 기본 카메라 외에도 날이 흐릴 때 찍는 저조도 카메라—지연 씨 담당—와 야간용 열화상카메라—중국인 스태프 싱단단 담당—에 역동적인 움직임을 찍기 위해 제법 비싼 돈을 들여 제작한 러시안 암 등 다양한 장비가 동원되었다.

여기에 헬리캠이 필수적인데, 이걸 한중 양국에서 각각 운영했다. 리카온은 별일이 없어도 하루에 축구장 수백 개를 합친 것보다 넓은 범위를 쏘다니기 때문이다. 빠른 발을 자랑하는 동물이 아니라고 해도 개보다 두 배는 빠르다. 그런 리카온의 역동적인 움직임을 헬리캠으로 촬영하려면 고도의 조종 능력과 함께 장비 성능도 중요하다.

중국의 헬리캠은 최신 모델이었다. 수평을 유지해 주는 짐벌 시스템을 비롯해 모든 부분이 수준급이었다. 하지만 빠르게 움직이는 야생동물을 놓치지 않으려면 추가적인 기술이 필요하다. 기체에서 보내주는 영상에 의존하면 찰나의 순간에 촬영 대상을 놓치게 된다.

리카온 무리 중 몇 마리의 목에 위성 위치추적 장치를 다는 건 사전에 협의가 이뤄진 내용이었다. 이 부분은 한국에서 담당하기로 했는데, 정작 현장에 오자 중국 쪽 기술 스태프가 자신들이 준비한 것을 달자고 했다. 온도와 압력, 가속도, 자력 같은 정보를 모두 수

집하지만 너무 크고 무거웠다. 협의 끝에 결국 위치 송신 외에 태양 전지판과 배터리만 달린, 우리가 준비한 송신기가 채택됐다.

그 송신기는 내게 일종의 마커 역할을 했다. 헬리캠을 개조하면서 송신기에서 보내는 신호를 받으며 자동으로 추적하는 시스템을 적용했기 때문이다. 헬리캠으로 촬영할 때는 보통 기체를 조종하는 사람, 모니터를 보며 카메라를 조정하는 사람, 둘이 필요하다. 추적 시스템을 적용하니 나 혼자서도 촬영이 가능할 정도였다. 영양 무리가 포식자의 습격을 피해 사방으로 흩어지고, 그 뒤를 맹렬히 쫓는 리카온을 낮은 고도에서도 찍을 수 있었다. 그러니 같은 장면을 찍어도 내가 찍은 것이 월등히 나았다.

졸지에 B팀 취급을 받게 된 중국 쪽 담당자는 풀이 죽었고, 내가 팀장 대접을 받게 되었다. 드론 '덕후'로서 인정을 받은 셈이지만 좋은 일만은 아니었다. 회의에 참석하기 위해 몸을 움직이는 건 귀찮았고, 심드렁한 표정을 감추기 위해 진지한 척하는 것도 피곤했다. 리웨 총감독이 입을 가리고 하품하는 나를 빤히 바라보다가 입을 열었다.

"그리고…… 리 선생, 오늘 헬리캠 아주 좋았어요. 자, 이제 회의 마칩니다. 다들 식사 맛있게 하시고 오후에도 힘내 봅시다."

자신의 영어가 유창하다는 걸 알고 있다는 듯 리웨의 말은 늘 크고 빨랐다. 권설음을 섞어 발음하는 게 내 귀에는 거슬렸다.

회의를 마친 뒤 화이트 팀 트럭으로 돌아왔다. 제작팀이 배달해

준 점심은 주먹밥이었다. 말이 주먹밥이지 군대에서 야외훈련할 때 비닐에 밥과 반찬을 넣고 주물러 만들었던 것과 비슷한 수준이었다. 다시 야영 생활을 시작한 연출, 촬영팀과 달리 그들은 숙소에 머물렀다. 그게 부럽지 않을 정도로 온갖 잡다한 업무를 다 했다.

더워서 입맛이 없었지만, 조연출이 가져온 맛다시* 덕분에 간신히 배를 채웠다. 멀리 공룡처럼 걸어가는 기린을 바라보며 쉬고 있을 때였다. 진 PD가 하라레에서 리웨 감독과 함께 식당에 갔던 얘기를 시작했다. 연출자와 작가들은 우리보다 며칠 먼저 들어와서 현지답사를 했다. 하라레시청 공무원이 전통식당을 소개하겠다며 둘을 레스토랑에 데려갔단다.

"야생 고기 바비큐가 나온다는 거야. 아프리카잖아. 뭐가 나올까 살짝 긴장했지. 그런데 뭐 버펄로, 닭, 이런 게 나오더라고. 조금 있다가 임팔라가 나오네? 오케이. 양꼬치도 먹는데, 괜찮아. 악어? 괜찮아. 존나 질기고 딱딱하지만, 괜찮아. 타조? 치킨 사촌이잖아. 콜. 그런데, 쟤 있잖아, 쟤."

진 PD가 눈짓으로 가리킨 건 리웨 감독이었다.

"얼굴이 완전 썩어 있는 거야. 비위가 상한다나? 웃기고 자빠졌네. 다리 네 개 달린 건 책상 빼고 다 먹는 놈들이 말이야. 완전 위선자야. 쟤 진짜 조심해야 돼. 다들 촬영 끝날 때까지 정신줄 놓지 말자고."

* 군대 PX에서 판매하는 양념

그의 말에 뭐라 대꾸하고 싶기도 했지만, 여태 그랬듯 그냥 가만히 있었다.

촬영 기간 중 한 달을 허공에 날려버렸기에 예정과 달리 초반부터 야간 촬영을 진행했다. 사실상 카메라를 놓고 야간 보초를 서는 꼴이었다. 리카온이 밤에 활동하지 않는 걸 알았지만, 혹시라도 사자나 표범이 리카온 새끼를 물어가는 것 같은, 급작스러운 우발 상황을 담을지 모른다는 기대 때문이었다. 그런 장면을 담을 수만 있다면 연출자로서 더없이 반가운 일이겠지만, 리카온에게는 끔찍한 참사다.

자연을 소재로 이야기를 만들고자 하는 인간의 시선은 대개 그렇다. 본능에 따라 행동하는 야생동물을 의인화하여 권선징악의 스토리로 짜깁기를 하거나, 감동적인 가족애를 연출하는 게 다큐멘터리의 문법이다. 그것도 아니면 대자연의 웅장함 같은 거라도 담아야 한다. 실제 상황과 관계가 있건 없건, 편집을 통해 전후 관계를 바꾸건, 현대 문명인의 관점과 입맛에 맞춰야 한다.

우리는 마나풀스에서 트램프 무리를 일주일 동안 따라다니며 그들의 일상을 대부분 카메라에 담았다. 그전 한 달간의 촬영에서 느낀 점과 별 다를 바 없었다. 입과 코 주위로 얼굴의 반이 시꺼멓고, 불쾌한 소리를 내는 짐승, 사냥을 마치고 피칠갑이 된 채 돌아와 새끼들 앞에 반쯤 소화된 고기를 게워내 먹이는 리카온에게 도무지

정이 들지 않았다.

해 질 무렵 리카온이 서식처로 돌아오면, 새벽부터 시작된 우리의 고된 행군도 끝나 야영장으로 복귀했다. 헛수고인 걸 알면서도 촬영하러 나가는 야간조와 교대를 마친 후에도 편히 쉴 수는 없었다. 배가 고픈 이는 늦은 저녁을 먹어야 하고, 비싼 장비들을 일일이 점검하고, 메모리 카드를 백업하고, 배터리를 충전하고, 무엇보다 촬영본을 모니터링해야 한다.

무수하게 많은 별을 볼 수 있는 야영장에서는 텐트 여러 동을 치고 잤다. 튼튼하고 높은 울타리 같은 건 없었다. 사자나 하이에나가 충분히 넘을만한 허술한 돌담뿐이었다. 블랙은 야생동물들은 인간 냄새를 싫어하며 먹이로 생각하지 않으니 걱정하지 말라고 했지만, 어디 그럴 수 있나. 코끼리나 하마가 들어오면 어떻게 하냐고 되물으니 뾰족한 돌을 싫어하는 녀석들이라 낮은 돌담도 넘어오지 않는단다. 솔직히 하루도 마음 편하게 잔 적이 없었다.

나는 음향감독과 같은 텐트를 사용했다. 요시다는 꽤 특이한 친구였다. 미국에서 중고등학교를 나와서인지 아시아 사람 같지 않은 자유로운 영혼이었다. 처음부터 자신을 친한파라고 소개했는데, 그걸 무려 한국어로 말했다. 박찬욱 감독과 함께 일하고 난 뒤부터 휴가 때마다 한국을 방문한다며, 특히 케이팝과 매운 음식을 좋아한다고 했다.

그날 자정 무렵, 나는 지연 씨가 가지고 있던 불닭맛라면을 그에게 끓여주었다. 요시다는 호기롭게 면을 입에 넣었다. 미소까지 보이며 여유를 부린 그는 잠시 뒤 "조선인이 내 입 안에 불을 질렀다"라고 한국말로 소리 지르며 야영장을 뛰어다녔다. 블랙코미디에 가까운 그의 수위 높은 익살에 한국인 스태프 모두가 배꼽이 빠지도록 웃었다. 야영장에 웃음소리가 들린 것도 오랜만이었다.

다음날 이른 아침부터 황당한 소문이 돌았다. 또 촬영이 중지됐다는 것이었다. 중국과 한국의 스태프가 자기네 방송국 담당자와 긴 통화를 이어갔고, 소문은 사실이 됐다. 다들 어안이 벙벙했다. 대체 무슨 일인가 싶어 종승이 형에게 전화를 걸었다. 그는 미국과 중국 갈등이 격화된 상황에서 한국과 중국도 분위기가 좋지 않아, 수교 30주년 관련하여 진행되는 모든 프로젝트가 중단됐다는 걸 알려주었다.

"뭐 이러다 금방 바뀔지도 몰라. 일단 대기하고 있어."

"언제까지?"

"새꺄. 그걸 알 때까지 그냥 대기하고 있어. 나도 답답해 죽겠다, 인마."

자기도 답답하다니. 넓고 쾌적한, 심지어 냉방도 잘 되는 방송국 국장실에서 앉아 있는 사람이 머나먼 야생의 땅 아프리카, 그중에서도 가장 야생인 곳에 있는 사람에게 할 말인가 싶었다.

***

블루아이로서는 절망적인 상황이었다. 우두머리 하이에나가 자신의 정면으로 치고 들어왔고, 나머지 일곱 마리는 넓게 퍼지며 포위망을 만들려 했다. 아프리카의 육식동물 중에서 점박이하이에나와 일대일로 싸워 제압할 수 있는 건 사자밖에 없다. 게다가 여덟 마리, 떠돌이 수사자까지 사냥할 수 있는 숫자다.

야생동물은 대개 자신의 운명을 받아들이지만, 블루아이는 코앞에 다가온 죽음 앞에 체념하지 않았다. 그는 상대가 공격해오자 곧바로 도망치기 시작했다. 점박이하이에나는 리카온과 마찬가지로 폭발적인 속력은 없어도 엄청난 지구력으로 끈질기게 사냥감을 쫓는 사냥꾼이다. 하이에나들이 마음을 바꾸지 않는 이상, 죽음의 때를 조금 미룰 수는 있더라도 완전히 도망치는 건 사실 불가능했다.

한 발짝이라도 잘못 디뎠다가는 날카로운 이빨에 다리와 엉덩이를 뜯기기 시작할 것이다. 이내 하이에나의 강인한 어금니에 자신의 뼈가 으스러지는 섬뜩한 소리와 함께 엄청난 고통이 시작될 것이다. 내장이 흘러내리고, 자신의 몸이 먹히는 끔찍한 장면을 두 눈으로 보다가 과다출혈로 천천히 죽어가는 게 하이에나를 만난 사냥감의 운명이다.

블루아이가 속력을 높였지만, 추격자들은 초반부터 괜히 힘을 빼려 하지 않았다. 상대가 굶주려 체력이 떨어진 상태라는 걸 알고 있었다. 게다가 블루아이가 도망치는 방향은 자신들의 근거지 쪽이었다. 그걸 아는지 모르는지 블루아이는 방향도 바꾸지 않고 앞으로만 나아갔다.

몇 분간 지루한 추격전을 벌이던 블루아이와 하이에나 무리가 늪지대에 도착했다. 우기에는 물이 고이는 호수가 되지만, 건기의 막바지라 중앙 부분만 촉촉할 뿐 바싹 말라 있었다. 곳곳이 패어 있어서 리카온이건 하이에나건 전력으로 달렸다가는 발목을 접질리기에 십상이었다. 쫓는 자와 쫓기는 자 모두 속력을 높일 수 없었다.

메마른 호수 바닥을 천천히 가로지르며 블루아이는 조금이나마 체력을 충전했다. 얼마 지나지 않아 그의 눈앞에 뱀처럼 구불구불하게 이어져 마나풀스를 남북으로 관통하는 사피강이 나타났다. 서서히 땅거미가 질 무렵이었다. 블루아이가 갑자기 용수철처럼 앞으로 튀어 나갔다.

"이힛힛힛! 우룻힛힛!"

점박이하이에나 무리가 다급한 울음소리를 냈다. 자신들과 비슷한 속력으로 터벅터벅 걷던 목표물, 이제 거의 다 잡았다고 생각했던 사냥감이 최후의 발악을 했기 때문이다. 우두머리 하이에나가 추격 명령을 내리자 다들 블루아이의 엉덩이 뒤에서 흔들거리는 흰 꼬리를 쫓아 전력으로 달리기 시작했다. 메마른 사피강에 뽀얀 흙먼지가 피어올랐다.

블루아이의 운명은 앞으로 길어야 오 분 안에 결정될 것이다. 죽거나 혹은 살아남거나. 그는 귀를 쫑긋 세운 채 하얀 바닥이 드러난 사피강을 건넜다. 리카온의 귀는 생각보다 훨씬 커서 놀이공원에서 파는 머리띠처럼 보이기도 한다. 그 커다란 귀는 소리를 듣는 것 말고도 체온을 식혀주는 역할을 한다. 지금은 체온도 문제가 아니다. 청각만이 아니라 그의 모든 감각이 한껏 예민하게 곤두서 있는 상태다.

인간은 진화를 거듭하며 지능이 높아졌고 수명도 늘어났다. 그러면서 후각에 이어 청각과 시각 성능이 차례로 퇴화하고 있다. 그러니 자신들과 비교할 수 없이 감각이 발달한 동물들이 얻는 정보가 어느 정도 수준인지 짐작할 수 없고, 이를 분석해 행동으로 옮기는 프로세스를 제대로 이해하기 힘들다. 귀납적인 판단, 그로 인해 발달한 직관은 인간만의 것이 아니다.

임팔라는 치타 다음으로 빠른 육상동물이지만, 아프리카에 사는 육식동물에게 가장 만만한 먹잇감 중 하나다. 이들이 생존을 위해 고안한 전략은 집단 감시망을 구축하는 것이다. 한가롭게 풀을 뜯는 임팔라 무리는 신경망처럼 엮여서 누군가 위험을 감지하면 동시에 도망친다. 각 개체가 가진 청각, 시각, 후각 능력을 공동으로 활용하는 전략으로, 진화의 산물이다.

문제는 워낙 감각기관이 민감한 만큼 정보의 양이 과하게 많다는 것에 있다. 집단 감시망이 성공하려면 흔들리는 덤불을 보자마자, 풀숲에서 스슥거리는 소리가 들리자마자, 그게 사자나 표범이

접근하는 것인지, 아니면 그저 바람이 부는 것인지를 빠르게 판단해야 한다. 직관이 필요한 것이다. 오판을 거듭해 무리가 괜한 도망을 하게 만든 임팔라는 미운털이 박히게 되고, 양치기 소년처럼 신뢰를 잃는다.

질과 양 모두를 만족시키는 중국 식당을 찾는 건 좀처럼 어렵다. 최대한 많은 정보를 바탕으로 최대한 보수적으로 판단해야 한다는 압박은 되레 집단 감시망을 무력화시키곤 한다. 리카온과 하이에나 같은 육식동물은 신뢰할만한 최소의 정보를 빠르게 분석해 명료한 결론을 도출하는 것에 특화한 방향으로 진화했다. 임팔라의 방어망이 정상 작동하건, 아니면 오판으로 대처가 느려지건, 어떤 경우에도 성공할 수 있는 전략을 직관적으로 택하는 것이다.

블루아이는 명민하였기에 점박이하이에나를 상대로 배수진을 치고 이판사판 덤비는 게 의미가 없다는 걸 알았다. 절망적인 상황 속에서도 자신이 감각이 수집한 정보를 바탕으로 승부수를 던졌다. 그의 전략은 모 아니면 도였다. 아니, 모가 나오지 않으면 도, 개, 걸, 윷, 무엇이 나와도 죽는 판국이었다. 사피강을 지난 그는 바람을 등지고 잠베지강이 있는 북쪽으로 달렸다.

조금씩 숨이 가빠왔지만 쉴 수 없었다. 관목 지대를 벗어날 때쯤에는 점박이하이에나가 그를 거의 다 따라잡았다. 요란한 소리와 함께 그의 뒷다리를 노렸다. 이런 상황에서는 쫓기는 자는 지그재

그로 움직이며 추격자를 따돌리려고 하거나, 갑작스럽게 몸을 돌리며 반격하는 자세를 취해 당황하게 한 뒤 다른 방향으로 도망치는 선택을 한다. 하지만 추격자가 하나가 아닐 때, 게다가 하이에나 무리일 때는 좋은 선택이 아니다.

하이에나는 리카온 못지않게 몰이식 사냥과 교대 추적에 능하다. 지그재그로 뛰면 다른 추격자가 금세 바짝 달라붙고, 반격을 위해 몸을 돌리면 곧바로 포위당한다. 블루아이는 다급한 마음에 경솔한 판단을 하지 않았다. 불안감 때문에 자신에 대한 신뢰를 내려놓는 실수도 하지 않았다. 부모가 물려준 자신의 강인한 다리를, 부드럽고 탄력 있는 인대를 믿고 계속 달렸다.

사자 울음소리가 들린 건 그때였다. 으르렁거리며 다가오는 암사자 자매 뒤로 엄청난 크기의 수사자, 마나풀스의 제왕이 위용을 드러냈다. 생존을 위한 블루아이의 검질긴 질주는 이 순간을 위한 것이었다. 사피강에서 사자의 냄새를 맡은 그는 추적자들을 사자들의 영토 안으로 끌고 왔다. 점박이하이에나들은 사자가 제일 듣기 싫어하는 요란한 울음소리까지 냈다. 와서 나 좀 죽여달라고, 진동벨을 눌러 저승사자를 부른 것과 다름없었다.

기회만 있으면 서로를 죽이고 싶어 하는 리카온과 하이에나, 사자가 한자리에 모였다. 평화로운 화합의 자리가 될 가능성은 없다. 사자는 리카온과 하이에나 모두를 극도로 혐오한다. 이번 경우에는 적의를 드러내지 않은 채 은근슬쩍 자리를 피하는 리카온보다는,

함부로 영토를 침범해 놓고는 자신을 향해 감히 이빨까지 드러내며 분노조절장애 증세를 보이는, 괘씸한 하이에나에게 본때를 보여주는 게 당연했다.

점박이하이에나 무리는 사자를 상대로도 물러서지 않고 용감하게 전투태세를 취했다. 하지만 오랜 추격전 탓에 지쳐 있었다. 암사자와는 대등하게 맞섰지만, 체중이 세 배도 더 나가는 수사자는 달랐다. 겁도 없이 수사자에게 대들던 젊은 하이에나 한 마리가 성난 수사자의 앞발에 맞았다. 단 한 방으로 하이에나의 척추를 부러뜨린 수사자는 일말의 망설임도 없이 목덜미에 송곳니를 찔러넣었다.

결국 비싼 희생을 치르고 나서야 점박이하이에나는 제정신을 차리고 분노를 조절했다. 만만했던 외톨이 리카온을 처리하지도 못했고, 무리의 미래를 이끌 동료마저 잃었으니 참담했다. 그렇다고 슬퍼할 겨를도 없었다. 등 뒤에서 포효하는 수사자의 응원에 힘입어 암사자 두 마리가 자꾸만 자신들을 쫓아왔기 때문이다. 짧은 뒷다리로 뒤뚱거리며, 그들은 다시 사피강을 건넜다.

블루아이는 숨을 고르며 천천히, 자신의 본능이 가라고 지시한 추어 지역으로 발걸음을 옮겼다. 커다란 태양이 뉘엿뉘엿 기울고 있었다. 사력을 다해 도망치느라 체력을 모두 소모한 블루아이는 배가 고팠다. 고작 벌레 몇 마리를 잡아먹은 것으로는 간에 기별도 가지 않았다. 만만한 사냥감인 쥐나 새라도 나타나면 좋으련만, 그마저 눈에 보이지 않았다.

　리카온은 본래 한곳에 정착하지 않는 떠돌이다. 새끼들을 키우는 굴도 자신이 판 것이 아닌 경우가 많다. 다른 동물이 파 놓은 걸 무단으로 탈취하여 쓰곤 한다. 최상위 포식자 중 하나지만 늘 위험에 노출되어 있기도 하다. 사자처럼 압도적인 무력을 가진 것도, 표범처럼 나무 위에 오르는 재주를 가진 것도, 치타처럼 빠른 것도 아니다. 늘 불안정한 환경 속에서 믿을 건 함께 무리를 이룬 동료들이다.

　블루아이는 가족이 없다. 그의 어미는 그가 태어나고 얼마 되지 않아 죽었다. 형제들 역시 마찬가지였다. 암컷 리카온은 어느 정도 성장하면 가족을 떠나 다른 무리에 들어가거나 새로운 무리를 만들지만, 수컷은 보통 한 무리와 평생을 함께한다. 블루아이처럼 이제 갓 청년이 된 수컷이 무리에서 쫓겨났다는 건 외롭게 살다가 죽게 될 운명이라는 걸 의미한다.

　터벅터벅 걷던 블루아이가 걸음을 멈추었다. 아직 가야 할 길은 멀고 허기져 한 걸음을 내딛기도 힘든데 앞에 구릉지대가 나타났다. 구릉을 넘으면 시간을 벌겠지만, 사냥감을 찾기는 더욱 어려울 것이다. 얼마 안 남은 체력마저 소모될 것이다. 그렇다고 평지로 우회하다 해가 저버리면, 사냥하기는커녕 사냥감이 될 확률이 높다. 깊은 고민에 빠진 듯 블루아이는 지고 있는 태양을 조용히 바라보았다.

　인간의 시선으로 보자면 그의 모습이 깊은 감상에 잠긴 것처럼 보일지 모른다. 물론 리카온처럼 유기적인 사회생활을 하는 포유동물은 감정이 잘 발달해 있다. 가족을 위해서라면 때로 무모한 용기를 내기도 하고, 사냥이나 전쟁 중에 동료가 죽으면 약속이나 한 듯 꼬리를 내린 채 아무 소리도 내지 않으며 애도한다.

하지만 지금 그에게는 그럴 여유가 없다. 자신의 슬픈 과거를 되돌아보며 비애에 잠기거나, 아직 오지 않은 내일에 대한 근거 없는 희망을 꿈꾸는 것도 아니었다. 그는 오로지 지금, 그리고 이곳에만 집중하고 있었다. 이건 블루아이만의 특별한 성정이 아니다. 오랜 시절 동안 그렇게 사고한 리카온만이 살아남았기 때문이다.

아무리 고민해도 답은 나오지 않았다. 외톨이가 된 이후 위기가 아니었던 날이 드물 정도이지만 오늘은 그에게 최악이었다. 별수 없으니 일단 구릉을 향해 이동하기 시작했다.

우뚝 솟은 나무 아래에서 갓 잡은 톰슨가젤의 목덜미를 문 채 숨을 헐떡이던 치타를 만난 건 그에게 더없는 행운이었다. 계절이 바뀌어 옷장에 오랫동안 넣어두었던 바지를 꺼내 입었는데, 주머니에 오만 원권 여러 장이 들어 있는 꼴이다.

치타의 몸은 오로지 빠른 속력을 내는 방향으로만 진화했다. 반대로 체력이 저질이며 생긴 것과 다르게 나무를 타지 못한다. 이 치명적인 단점은 치타가 늘 죽 쒀서 개 주는, 포식자이면서 늘 억울하게 약탈당하는 신세로 살게 만든다. 애써 잡은 사냥감을 놓치는 것은 물론, 되레 사냥감에 쫓기는 모습을 자주 보여 아프리카의 호구라는 별명도 붙었다.

블루아이는 코를 잔뜩 찡그려 인상을 쓴 채 치타를 위협했다. 이 기회를 놓치면 지금껏 자신을 따랐던 요행도 더는 바랄 수 없을 것이다. 치타 역시 고생 끝에 겨우 잡은 톰슨가젤을 포기할 수 없었다. 입에 물고 있던 사냥감을 질질 끌며 뒷걸음질 쳤다.

한발 두발, 블루아이가 자신을 위협하며 다가오자 치타는 당혹스러웠다. 자신이 아무리 호구라고 해도, 아직 어린 티가 가시지 않은 리카온 한 마리는 충분히 상대할 수 있었다. 여러 차례의 전력 질주 끝에 겨우 사냥에 성공한 지 얼마 되지 않아 체력이 고갈된 상태지만, 상대의 몰골 역시 말이 아니었다. 그럼에도 녀석의 본능은 사냥감을 포기하라고 외치고 있었다. 블루아이가 내민 날카로운 이빨 때문은 아니었다.

블루아이는 필사적이었다. 상대가 치타가 아니라 표범이나 하이에나였더라도 덤벼야 했다. 기필코 먹이를 쟁취해야 했다. 저 탐스러운 톰슨가젤을 먹지 않으면 내일 떠오르는 해를 다시 볼 수 없다는 걸 알고 있었기 때문이다. 벼랑 끝에 선 블루아이가 치타를 향해 돌진했다. 치타는 왜 그래야 하는지 이해할 수 없었지만, 본능에 순응하기로 했다. 톰슨가젤을 땅에 버린 뒤 다급하게 도망쳤다.

사자와 하이에나 중에는 리카온을 따라다니며 사냥을 마치기만 기다리는 녀석들도 있다. 그들에게 먹이를 뺏기는 경험이 쌓이자 리카온은 자기들만의 식사 원칙을 만들었다. 배가 고파도 먹이를 두고 동료와 다투지 않는 것, 그리고 최대한 빠른 속도로 먹는 것이다. 자신의 체중과 비슷하니 혼자 다 먹을 수도 없을 만큼 많은 양이었지만, 블루아이는 리카온답게 서둘러 식사를 시작했다.

개와 고양이가 그렇듯, 리카온이나 치타나 적록색맹이 있기는 마찬가지다. 그래서 블루아이는 자신의 눈 색깔이 어떤지 모른다. 치타 역시 그랬다. 다만 지금껏 보아온 동물들과는 뭔가 다르다는 느낌 정도는 있었을 것이다. 블루아이는 자신의 푸른 눈을 희번덕이며 아직 뜨끈한 톰슨가젤의 몸을 뜯었다.

폭력의 역사 II

　세이브밸리에 들어가기 전, 하라레 호텔에서 두 번째 밤을 보낼 때는 장비 점검 때문에 늦게까지 잠을 이루지 못했다. 종승이 형을 포함한 방송국 식구들, 프로덕션에서 함께 일하던 동료들에게 자꾸만 전화가 걸려 와서 정신이 없었다. 평소에 연락 없던 이들까지 안부를 물어댔다.

　나는 초등학교 때부터 그야말로 '핵인싸'였다. 내 주변 사람들은 어떤 분야에 인맥이 필요할 때마다 나에게 먼저 문의하곤 했다. 나를 찾는 술자리가 있으면 다음날 새벽 촬영이 있어도 빠지는 법이 없었다. 그게 내 타고난 성격인 줄 알았다. 방송국을 그만둔 뒤에야 알았다. 나는 우울한 기질을 속이려고, 진짜 나와 마주하는 것을 피하고자 오랜 시간 그렇게 산 것이다.

　철저한 아웃사이더로 살게 되면서 내가 어떤 사람인지 차츰 깨닫게 되었다. 술잔을 들었다 내렸다 하며 온 방송국을, 방송계 사람을, 온 세상을 함께 들었다 놓았다 했던 시절의 기억이 수치로 다가

왔다. 내게 연락하는 사람 대부분은 여전히 그 시절의 내 모습만 기억한다. 그래서 꼭 필요한 일이 아니면 사람들을 만나지 않는다.

서울에서 나고 자랐지만 나는 번잡한 도시와 맞지 않으며, 누구와 전화 통화를 하고 이메일을 주고받는 것도 귀찮아한다는 걸 깨달았다. 도시를 떠나겠다며 시골로 내려간 적도 있지만, 결벽증과 타협을 이룰 수 없었다. 강원도 한달살이를 통해 얻은 성과는 내가 방 안에 벌레 한 마리만 보여도 신경이 온통 그곳에 쓰이고, 목줄을 채우지 않은 강아지만 봐도 심장이 두근거리는 사람이라는 걸 알게 된 것뿐이었다. 문명이 지긋지긋하지만, 그렇다고 문명을 떠나서는 살 수 없다는 지독한 모순 때문에, 도시건 시골이건 어느 곳에 있어도 불만이었다.

돌아온 서울에서 나는 아무도 만나지 않았고, 아무 일도 하지 않았다. 그게 내 적성에 맞았다. 그렇게 꼬박 일 년을 놀다가 프로덕션을 차렸다. 회사를 하다 보니 나 아닌 다른 사람까지 책임져야 하는 무게감이 버거웠다. 그래서 그마저 그만두고 프리랜서 생활을 시작했다. 일거리가 끊이지 않으려면 '핵인싸'로 돌아가야 했지만 이제 그럴 수 없었다. 인싸 에너지가 모두 방전된 듯했다. 모아두었던 돈을 까먹으며 취미 생활하듯 일했다.

"얘기 들었어. 나 때문이야? 꼭 그렇게 위험한 곳까지 가야 했어?"

가장 의외였던 건 앞으로 다시는 연락하지 말라고 했던 은혜의 전화였다. 자신이 먼저 연락하는 건 예외 조항이라는 게 생략되어 있던 걸까.

"아니야. 너 때문에 온 거 아니야."

"거짓말. 그러지 마. 예전 모습으로 돌아가. 왜 자신을 괴롭히면서 살려고 해?"

그녀의 말에 나는 뭐라고 대꾸해야 할지 몰랐다. 더 정확히 말하자면 대꾸할 필요를 느끼지 못했다. 내가 왜 짐바브웨까지 오게 됐는지, 아니, 그 전에, 그녀가 말하는 내 예전 모습이라든가, 내 삶의 방식에 대해 장황하게 설명해봤자 그녀는 이해하지 못할 것이다. 이해하려고 들지도 않을 것이다.

은혜를 만난 건 군 복무를 마치고 복학한 첫 학기, 매스컴 효과론이라는 신방과 전공수업에서였다. 입대 전에는 내가 수강 신청한 과목을 같이 들으려는 동기와 선후배가 줄을 섰는데, 돌아온 학교 분위기는 전과 달랐다. 여자 동기는 대부분 졸업했고, 남자 동기와 후배는 중앙도서관의 지박령이 되어 취업 준비에 한창이었다.

공강 시간이면 중앙광장으로 음식을 배달시켜 술판을 벌이던, 비가 오면 수업을 제치고 정문 앞 막걸릿집으로 향했던 신방과 특유의 문화는 사라졌다. 나 역시 바뀐 시대의 흐름에 적응하려고 노력했다. 캠퍼스의 낭만과 뜨거운 젊음의 열정은 콘크리트로 덮어버린 대운동장과 함께 20세기의 화석이 되어버렸다.

수업은 외국 논문 여러 개를 갖다 붙인 교재로 진행됐다. 별다른 조별 과제가 없어서 편했다. 중간고사가 끝나자 교수는 'Exit poll'이라는 이름의 현장실습을 공지했다. 전국 단위 선거에서 1박 2일 일정으로 출구조사를 하는 것이었다. 굳이 1박을 하는 이유는 오전 6시부터 투표가 시작되기에 더 일찍 투표소에 도착해야 해서였다. 다들 귀찮다는 표정이었지만 나는 반가웠다.

선거 전날 저녁, 투표소 근처의 한 대학교 강당에 모였다. 여론조사 기관에서 일하던 선배가 단상에 올라 출구조사를 위한 오리엔테이션을 진행했다. 정확히 기억나지는 않지만, 인근 동사무소와 초등학교를 비롯한 여러 투표소별로 네 명씩 조를 편성했다.

조사 방식은 간단했다. 조마다 N이라는 번호를 부여받은 뒤 투표를 마치고 나오는 사람들을 하나둘씩 눈으로 헤아린다. 그러다가 N번째 사람에게 접근해 투표 결과와 간단한 인구통계학적 정보를 얻어 기록하는 식이었다. N은 투표장에 모인 사람 수에 따라 여론조사 직원이 수시로 바꾸었다.

오리엔테이션을 마친 뒤 인근 모텔로 이동해 방을 배정받았다. 일 인당 팔천 원까지 저녁 식대가 지원된다고 했다. 우리 조는 감자탕집으로 들어갔다. 남자 둘과 여자 둘이었고, 그중 한 명이 은혜였다. 식대에 구애받지 말고 사비를 각출해 간단하게 반주를 곁들이자는 4학년 남자 선배의 말에 나는 속으로 쾌재를 불렀다. 타 학과에서 온 여학생과 은혜도 동의했다.

아무리 학교 분위기가 변했어도 우리 대학, 우리 학과의 DNA는 남아 있었다. 감자탕집에서 소주를 한 병씩 비우며 시작한 술자리는 인근에 있는 호프집으로 이어졌다. 경기도 외곽의 대학가 분위기는 우리 학교 앞과는 새삼 달랐다. 고등학교 때 아버지 차를 몰래 끌고 나온 친구와 놀러 갔던 미사리 같았다. 동거하는 커플이 그렇게 많은 줄 몰랐다. 그 묘한 분위기가 술맛을 돋우었다.

다음날을 위해 자제하자며 500cc를 홀짝이던 우리는 이내 3,000cc로 환승했다. 남자 선배는 언론사 시험 스터디 멤버의 뒷담화를 했고, 타 학과 여학생은 자신의 전공이 도무지 맞지 않아서 신방과를 비롯하여 경영학과와 심리학과 전공수업을 듣고 있다고 했다. 은혜는 다른 학교에 다니다가 이번 학기에 우리 학교로 편입했다고 했다. 순간 분위기가 어색해졌지만, 내가 환영한다며 잔을 내밀자 먹고 죽자는 분위기로 다시 불타올랐다.

3차로 간 술집은 투다리였다. 번갈아 가며 화장실에 들락거리다 보니 은혜 옆자리에 앉게 되었다. 짧은 반바지를 입고 온 그녀의 맨다리가 자꾸 내 몸에 닿았다. 테이블 위에 올린 팔이 스칠 때마다 그녀의 보드라운 솜털이 느껴지는 일도 잦았다. 그 은근한 스킨십에 두근거렸고 몸이 달아올랐다. 내게 관심이 있는 것일까 싶어서 얼굴을 바라볼 때마다 그녀는 도발적인 눈빛으로 나를 빤히 응시했다. 사실 그때부터 나는 그녀에게 이끌렸다.

만취한 넷은 노래방까지 들러서 여흥을 즐기다가 겨우겨우 모텔에 들어왔다. 선배는 침대에 눕자마자 코를 골고 잠들었다. 나는 쉽게 잠들지 못했다. 그녀의 눈빛이 자꾸 떠올랐다. 술기운 때문이었을 것이다. 혹시나 하고 복도로 나가 담배를 연달아 피웠다. 그녀도 내 마음과 같다면, 젖은 머리로 방에서 나와 영화처럼 극적으로 마주칠 것이라는 기대를 했다. 그러나 그런 일은 일어나지 않았다.

몇 시간 못 자고 일어나 민망한 표정으로 다시 만난 넷은 서로의 입에서 나는 술 냄새와 숙취 때문에 괴로워하며 어렵게 출구조사를 마쳤다. 우리에게는 십만 원이 넘는 현금이 든 봉투가 하나씩 수당으로 쥐어졌다. 집계까지 마치고 전세버스로 강남역에 도착한 우리 조는 또 술집으로 향했다. 개표 방송을 보니 우리 출구조사가 그대로 맞아떨어져서 신기했다. 그날 밤, 은혜와 사귀기 시작했다.

졸업 후 나는 방송국에, 은혜는 신문사에 기자로 들어갔다. 미국으로 어학연수를 떠나기 전 그녀가 이별 통보를 하는 바람에 1년 넘게 헤어진 적도 있었지만, 우리는 기어이 결혼했다.

"남자들은 꼭 그렇게 오해하더라. 유치해."

"진짜 나한테 마음 있던 게 아니었다고?"

"추워서, 다리가 시려서 그랬겠지."

집에서 함께 술을 마실 때마다 단골 안주로 오른 건 우리가 출구조사를 한 날, 우리의 인연이 시작된 그 날을 복기하는 것이었다. 나는 그녀가 내게 마음이 있었거나, 그게 아니면 술버릇이 영 못된 거라고 얘기했다. 그녀는 내 오해라며, 다음날 강남역에서 2차를 마친 뒤 둘이 따로 갔던 월매네 주막에서 먼저 입술을 덮친 것도 자신이 아니라 나였다고 주장했다.

늘 티격태격하면서도 우리의 결혼생활은 별 탈이 없었다. 아니, 적어도 나는 그렇게 생각했다. 아이가 생기지 않은 게 문제였을까? 아니면 각자의 콤플렉스가 너무 컸을까? 우리는 작년에 이혼했다.

연애 시절 그녀는 매력이 넘쳤다. 클래식 마니아면서도 청담동 단골 웨스턴 바에 힙합 음악이 울리면 자리에서 일어나 춤을 추는 끼가 있었다. 이슬람 국가에 단기 특파원으로 파견됐을 때는 통역이 겁에 질려 도망갔음에도 무장단체와 홀로 인터뷰하는 용기도 있었다. 내가 와인을 입에 머금으면 자신의 입술을 대고 함께 먹는 걸 좋아했고, 침대 위에서도 적극적이었다.

결혼하면 여자가 더 밝힌다는 선배들 얘기에 나는 그러면 큰일이라며 너스레를 떨었다. 정작 결혼 이후 잠자리는 예전 같지 않았다. 그녀는 의사가 점지해 준 날짜에만 의무방어전을 시도했다. 임신과 출산도 전략적으로 해야 한다는 것이었다. 아무리 회사 일이 바빠 힘들다고는 하지만, 목석처럼 누워 있는 그녀에게 오로지 정자를 전달하는 역할을 하며 몸을 움직이는 건 내키지 않는 일이었다. 젊은 나이에 발기부전 증상이 나타났다.

우리는 이혼할 때까지도 서로에게 정말 궁금했던 부분을 묻지 않았다. 나는 그녀가 어학연수 때 찍은 사진에서 자주 등장하던, 그녀의 어깨에 손을 올리고 때로는 허리까지 휘감은 남자가 누구인지, 왜 결혼 후에도 연락을 주고받는지에 대해 추궁하지 않았다. 지방에서 꽤 큰 회사를 운영하는 그녀 아버지 사업이 건전한 것인지, 대학 편입과 언론사 취업에 청탁은 없었는지도 묻지 않았다.

그녀 역시 왜 우리 아버지가 어머니와 이혼도 하지 않고 떨어져서 사는지, 아버지의 사기 전과는 왜 생겼는지 묻지 않았다. 방송사 공채에 떨어진 날 내가 왜 술 마시다 말고 뜬금없이 아버지 욕을 하면서 난리를 피웠는지, 고급 아파트에서 살던 우리 모자가 왜 일 층 고깃집 연기 때문에 창문 한 번 마음 놓고 열지 못하는 방 두 칸짜리 상가주택으로 이사했는지도 묻지 않았다.

어쩌면 우리는 각자 숨겨둔 얘기를 상대에게 너무 말하고 싶어서, 그래서 말하지 못한 건 아니었을까 생각해 본다. 나는 그녀에게 내가 촬영감독이 되기까지 겪은 폭력에 대해 말하고 싶었다. 하지만 끝내 말하지 못하고 부부에서 남남이 되었다. 먼저 이혼하자고 얘기한 그녀에게 나는 처음으로 손찌검을 했다.

폭력의 시작은 사소했다. 어느 직장이나 다 군대 같은 줄 알았다. 신입사원들에게 술을 따라주며 애정 어린 눈빛을 보내던 선배들이 촬영 현장에서는 180도로 변해 사소한 것에도 욕설을 섞어 소리 지르는 모습에 이것이 진정한 프로의 세계구나 싶었고, 그들의 카리스마에 감탄했다. 하루가 멀다고 집합이 걸려 얼차려에 집단

구타를 당해도, 방송국 군기는 역시 다르다고만 생각했다.

촬영이 열 시간 이상 계속되는 일은 흔했다. 프로그램 한 회분을 만들기 위한 시간은 늘 부족했다. 퇴근하여 씻고 나왔다가도 전화한 통에 다시 출근하는 경우가 부지기수였다. 스마트폰이 보급된 이후로는 카톡방에 업무 지시가 산더미같이 쌓였다. 다들 피곤했고, 그러기에 늘 화가 난 상태였다. 그런 상태가 되면 위험에 둔감해져서 사고가 난다. 사고가 나면 정신이 해이해져서 그렇다며 더 엄하게 군기를 잡았다. 갈수록 피곤했다.

내가 참여한 방송 중에는 젊은 청춘에게 꿈과 희망을 주는 프로, 사회 부조리를 꼬집는 프로가 많았다. 하지만 정작 그걸 제작하는 청년들은 꿈도 희망도 없었고, 부조리의 한가운데에서 착취당하고 있었다. 그걸 제대로 깨달았을 때 나는 이미 너무 멀리 와 있었다. 동기들과 모인 자리에서 "재수 없고 인간성 안 좋은 놈이 꼭 먼저 감독 자리에 오른다"라고 말하곤 했는데, 어느새 내가 촬영감독이었다.

부조리를 알면서도 다들 버텼던 이유는 그렇게 일해야 생계를 유지할 수 있다는 게 첫 번째였고, 두 번째는 나도 언젠가는 남들을 마구 다루는 높은 자리에 오를 수 있다는 기대 때문이었다. 은혜는 자기 회사도 그렇다며 "좆 같아도 참자"라고 얘기했다. 조직은 늘 상식을 뛰어넘는 산출물을 원했지만, 우리가 처한 환경은 늘 상식 이하였다. 나는 상식선에서 일하고 싶었다.

오랫동안 군대 내 폭력이 끊이지 않았던 이유는 자기가 당할 때는 그렇게 힘들어하다가 정작 선임이 되면 그렇게라도 해야 군대가 돌아간다는 생각으로 바뀌기 때문이다. 그걸 바꾸고 싶었다. 후배들에게 과도한 업무를 주고 싶지 않았고, 외주 제작업체에 대한 갑질을 끊고 싶었다.

촬영 현장에서 사람보다 중요한 건 카메라다. 장비 관리가 미흡하면 욕설이, 정도가 심하면 주먹이 날아간다. 연출 감독이 오케이 사인을 보낸 컷에 포커스 문제가 발견되면, 포커스 풀러*를 담당하는 촬영 조수는 그날 지옥을 맛보게 된다. 배터리나 전원 쪽에 문제가 생기면, 그 원인이 무엇이건, 막내는 오랫동안 사람대접을 받지 못하고 갈굼에 시달리게 된다. 그러다 심각한 우울증에 시달려 일을 그만두는 친구도 여럿 봤다.

방송국에서 나와보니 비단 방송국만의 문제는 아니었다. 대부분 기업에서, 내 생각으로는 모든 기업에서, 사람보다 중요한 건 돈과 시간이었다. 방송 노동자의 안전을 위한 대책은 돼지머리 놓고 고사를 지내는 미개한 수준이다. 안전장치를 마련하기보다는 사고가 나지 않기를 바라는 미신적 사고에 다들 길들었다. 그래서일까, 첨단 장비를 다루는 직업이면서도, 방송 일을 하는 사람 중에는 미신에 의존하는 이들이 많다.

촬영감독이 되며 높은 분들과 모인 첫 회의에서 내가 뱉은 일성은 카메라보다 사람이 중요하다는 것이었다. 방송국 내에서 서로

* 카메라 렌즈 초점을 맞추는 역할

존댓말을 하는 게 무리라면, 적어도 하급자에게 욕설은 하지 않도록 명문화하자고 했다. 여성 스태프에 대한 성폭력, 성희롱 가해자는 즉시 업무에서 배제하고 징계위원회에 회부하는 것과 동시에 민형사상 책임을 지게 하자고 했다. 외주 제작사와 일할 때 계약서를 쓰자고 제안했고, 찜질방 쿠폰을 주는 대신 숙박업소를 잡아달라고 했다.

사내 게시판에도 같은 내용의 글을 올렸다. 공적인 자리에 참여할 때마다 이런 발언을 이어갔다. 나 때문에 방송국이 시끄러워지기를 원했고, 그로 인해 조금이라도 변화가 있기를 기대했다. 하지만 예상과 달리 조용했다. 갓 국장이 된 종승이 형의 호출을 받고 나서 곧 그 이유를 알게 되었다.

"너 이 새끼. 씨발, 네 말이 맞아. 그래, 그렇게 되는 게 맞지. 그런데 그렇게 되려면, 방송국 말고 다른 모든 회사도 그 정도 수준이 되어야 가능한 일이야. 군대 보급품도 부대마다 우선순위를 두잖아. 같은 건물로 출근한다고 다 같은 일을 하나? 여기는 인마, 대한석탄공사 같은 곳이야. 거기도 본사 사무실은 삐까뻔쩍하다고. 그런데 씨발, 그건 간부들이 쓰는 곳이고. 진짜 일하는 사람들은 지하 탄광으로 들어가. 왜 자꾸 막장에서 일하는, 게네 편을 들어? 글로 갈래? 사무실에서 우아하게 일하시는 분들에게 네 말이 먹힐 것 같애? 그리고, 너는 지금 어느 쪽에 서 있는데? 위에서 난리 치는 거 내가 간신히 카바쳤다. 요즘 잠을 못 자서 제정신 아니라고. 휴가 내서 며칠 쉬고 와. 너 예뻐서 봐주는 게 아니라, 은혜 생각해서 형이 신경 쓰는 거야. 단디 해라."

그의 친절한 설명이 아니었으면 나는 윗선에서 내 주장을 한 개인의 일탈 정도로 보고 있었다는 것을 끝까지 몰랐을 것이다. 국장실에서 나온 나는 휴가를 내는 대신 사표를 제출했다.

***

리카온의 5대 왕좌에 앉은 테이블과 그의 무리가 누 사냥에 나섰다. 테이블의 신호에 새끼 누를 노리고 기습을 시도했지만 실패했다. 리카온 무리는 자신들과 새끼 사이를 가로막은 성체 누로 사냥감으로 바꾸었다. 사자도 함부로 사냥할 수 없을 만큼 젊고 힘센 녀석이었다. 몸에 난 흉터는 커다란 사자나 표범과 싸운 전력이 있다는 표시였다.

리카온이 돌아가며 연신 다리를 물었지만, 녀석은 쉽게 무릎을 꿇지 않았다. 뿔을 휘두르며 거칠게 방어를 이어갔다. 하지만 실수였다. 정작 자신이 지키려던 무리가 도망친 방향과 멀어져 버렸다. 리카온은 지긋지긋할 정도로 집요하게 다리만 노렸다. 격투기로 치자면 훅이나 하이킥 같은 일발 필살의 공격을 날리는 대신 3라운드 내내 상대 왼쪽 허벅지에 로우킥만 날리는 꼴이었다.

누는 빙글빙글 돌며 리카온의 이빨에 복부를 허용하지 않으려

안간힘을 썼다. 성체 누의 날카롭고 위협적인 뿔과 강인한 발굽은 스치기만 해도 치명적이다. 먹으려는 자와 먹히지 않으려는 자 사이의 칼날 위를 걷는 살벌한 신경전이 이어졌다.

푸르르르. 리카온의 공격이 소강상태에 접어들자 누가 콧방울을 벌름거리며 크게 숨을 뱉더니 호흡을 조절했다. 그의 눈에 멀리서 걱정스러운 눈빛으로 자신을 응원하는 가족들이 보였다. 그들 곁으로 다가가고 싶었지만, 앞을 가로막은 리카온 무리를 극복하는 게 먼저였다.

버티는 것만으로는 한계가 있다는 걸 누는 잘 알고 있었다. 리카온은 몸속 적혈구에 산소를 미리 비축해두었다가 사냥감을 추격할 때 꺼내 쓴다. 피로가 누적되기 전에 보조 배터리로 힘을 충전하는 것이다. 공상과학 소설에나 나올법한 방식이다. 이것이 리카온을 장기 추격전 분야에서 최강의 포식자로 우뚝 서게 했다.

누는 고개를 숙이고 뿔을 들이밀며 역습을 시도했다. 자신을 사냥하려다 지친 사자나 표범에게도 곧잘 먹히던 전략이었다. 포식자가 사냥하다 죽는 경우 중 상당수가 숫과 동물의 뿔에 받혔기 때문이다. 누가 저돌적으로 나서자 리카온 무리가 당황했다. 대열이 흩어지자 도망갈 수 있는 작은 틈이 보였다. 누가 기세 좋게 뒷발로 대지를 박차며 도주를 시도할 때였다.

테이블이 날렵하게 몸을 날렸다. 그의 날카로운 이빨이 노린 곳은 누의 꼬리 아래로 살짝 돌출된 내장 기관이었다. 모든 수컷 포유류의 가장 치명적 급소인 불알을 물린 누는 극심한 고통 때문에 더 달릴 수가 없었다. 누 같은 거대한 동물을 뒤에서 공격할 때는 다리를 노리는 게 정석이다. 엉덩이를 포함한 몸통을 공격하려다 뒷발에 맞으면 갈비뼈가 부러지는 건 기본이고, 두개골이나 목뼈를 다쳐 다신 일어날 수 없게 되기도 한다.

불알이 아닌 다른 부위를 물었다면 테이블 역시 위험할 수 있었다. 그는 자신의 집중력을 최대한 발휘했고 그 결과 누를 주저앉게 했다. 동료들이 누의 항문을 집중적으로 공격하다가 복부와 다리를 물어뜯는 동안에도 그는 꽉 이빨로 누의 그곳을 꽉 깨문 채였다. 선홍색 피가 쏟아져 내렸다. 완전히 제압당한 누는 고통에 울부짖었고, 테이블은 고개를 흔들어가며 기어이 커다란 불알을 뜯어냈다.

리카온 무리는 여전히 가쁜 숨을 쉬고 있는 누의 근육과 살을 뜯어 먹었다. 우두둑거리며 뼈를 부러뜨리는 소리가 났다. 리카온에게 희생당한 가족은 산 채로 먹히는 혈육의 모습을 바라보며 비애에 잠겼다. 방해꾼이 나타나지 않은 덕분에 리카온 무리는 오래도록 포식했다.

굴에 남겨둔 새끼와 보모의 몫까지, 누 고기를 위장에 넣어둔 리카온 무리가 기세등등하게 보금자리에 돌아왔다. 그런데 개코원숭이 무리의 태도가 완전히 바뀌었다. 자신들을 향해 험악한 소리를 지르며 위협했다. 그 모습을 보며 테이블은 뭔가 불길한 일이 일어났음을 직감했다.

서둘러 굴에 가보니 새끼들은 한 마리도 남아 있지 않았다. 홀로 남아 새끼들을 지키고 있던 테이블의 나이 많은 누나도 없어졌다. 개코원숭이의 짓임이 분명했다. 나무 위에서 시끄러운 소리를 내는 개코원숭이들 사이에 무슨 사달이 난 것이다. 테이블은 다급한 소리로 자신의 새끼들을 불렀지만 들려오는 소리는 없었다. 리카온 무리는 땅을 향해 꼬리를 내린 채 슬프게 울었다.

그나마 다행스러운 일도 있었다. 굴에서 조금 떨어진 풀숲에서 테이블의 막내딸인 빅썬을 발견했다. 오들오들 떨고 있던 녀석은 어찌나 겁을 먹었는지 제 아비를 보고도 안기지 못했다. 테이블은 절망하지 않았다. 우룽웨 지역에서 개코원숭이와 동맹을 맺고 지내는 동안 불과 일곱 마리에서 시작했던 무리는, 죽은 새끼들을 빼도, 열다섯으로 늘어났다. 다양한 사냥 경험을 쌓았고, 가족 간 유대도 좋았다.

테이블은 개코원숭이 사이에 쿠데타가 일어났다는 것을 알게 됐다. 그전보다 사납고 젊은 수컷 녀석이 나무 위에서 리카온 무리를 도발했다. 테이블의 선택은 무리를 이끌고 다시 러코메시강을 건너는 것이었다. 돌아온 고향에서는 다행히도 인간 냄새가 나지 않았다. 결과적으로 테이블의 판단은 옳았다.

얼마 뒤 짐바브웨 정부는 우룽웨 지역을 방문한 미국인에게 코끼리 사냥을 허용했다. 사냥광이었던 당시 미국 대통령의 두 아들을 필두로, 수많은 미국인이 SNS에 자신의 사냥 장면을 올렸다. 당연히 코끼리만 사냥한 것은 아니었다. 테이블 왕조가 지내던 굴 옆의 개코원숭이들도 트로피 사냥의 희생자가 됐다.

테이블에서 빅썬으로 정권이 이양되는 과정은 아무 문제 없이 평화롭게 이루어졌다. 우두머리 암컷이 된 빅썬은 무리를 더욱 번성시켰다. 빅썬은 육아에도 성공했다. 장녀는 일찌감치 독립해 잠베지강 너머 잠비아의 블루 라군 지역에 자리를 잡았다. 둘째 딸 역시 짐바브웨의 서쪽 끝에 있는 한지 국립공원 근처로 건너가 자신의 새 무리를 거느리게 됐다.

빅썬은 젊은 시절 하이에나와의 전투에서 한쪽 다리를 심하게 다쳐 절룩거렸지만, 그의 카리스마는 죽는 날까지 한 번도 도전받지 않았다. 무리를 위협하는 상대에게는 용감하게 맞서 싸웠고, 가족에게는 한없이 부드러운 지도자였다. 십 년 넘게 사는 개체가 많을 정도로 비교적 장수하는 리카온 중에서도 유독 오래 살며 스무 마리가 넘을 때까지 왕조의 세력을 키웠다.

그가 죽자 젊고 호기로운 커맨더가 왕위를 물려받았다. 어릴 때부터 빅썬에게 리더십 교육을 받은, 준비된 지도자였다. 커맨더의 가장 큰 업적은 빅썬이 그토록 확보하고 싶어 했던, 잠베지강 유역의 하중도와 삼각주 지역으로 이어지는 길목을 차지한 것이었다. 작은 초식동물이 건기마다 물을 찾아오는 곳으로, 따로 주인이 없는 공동 사냥터였다.

천혜의 요지를 독점하려면 경쟁자를 압도할 수 있는 병력이 필요했다. 결국 빅썬이 물려준 유산 중 커맨더에게 가장 값진 것은 잘 훈련된 젊은 리카온들이었다. 넓은 영역을 필요로 하는 사자나 하이에나가 사냥감을 따라오다 침범하면, 커맨더는 힘이 넘치는 청년들을 앞에 세워 진형을 유지하게 하고, 노련한 중장년층이 뒤를 받치며 적의 증원군을 차단해 수적 우세를 지켰다. 야생에서 보기 드문 이 전략의 효과는 엄청났다.

날 때부터 떠돌이 신세를 면할 수 없는 리카온 왕조가 드디어 진정한 영토를 얻게 되었다. 겨울 건기에도 마르지 않는 물을 얻게 됐고, 제 발로 찾아오는 사냥감은 정기배송되는 간편식 수준이었다. 강가에서 나일악어와 하마의 성미를 건드리지만 않는다면 큰 위험이 없었다. 안정된 땅에서 출산과 육아도 차질없이 진행했다. 리카온 왕조는 서른 마리까지 불어나며 그 세가 더욱 커졌다.

인간 사회가 그렇듯, 야생에서 태평성대라는 것은 오래 가지 못한다. 내부에 안정을 꾀하면 외부의 침입이 있고, 외부에 맞서 단결하다가도 내부에서 피어난 근심거리 때문에 몰락하곤 한다. 커맨더가 자신의 왕조를 굳건하게 다져 놓았지만, 그에게 왕권을 물려받은 미다스는 이를 계승하기는커녕 업적마저 무너뜨리고 말았다.

녀석은 외부에서 유입된 리카온이었다. 커맨더의 통치 기간에는 자신의 야심을 숨기며 호시탐탐 때만 노리고 있었다. 커맨더가 늙어 힘이 빠질 무렵이 되자 놈은 본색을 드러냈다. 무리에 합류하기 전부터 함께 지내던 측근들과 함께 대놓고 커맨더의 새끼들을 위협했다. 자기 핏줄들의 안전을 위해서였는지, 커맨더는 피 한 방울 섞이지 않은 미다스에게 왕위를 물려주었다. 그리고 리카온 무리의 몰락이 시작됐다.

미다스는 커맨더의 흔적을 하나둘씩 지워가기 시작했다. 그의 패착은 커맨더가 마련한 영토보다 더 목이 좋은 곳에 정착하려 했던 것부터였다. 야생동물에게 인간이 집을 짓고 사는 수준의 정착이란 있을 수 없는 일이다. 하중도와 삼각주가 연한 곳에 터를 잡았을 때도 커맨더는 근방에 여러 개의 굴을 확보한 뒤 수시로 보금자리를 옮겼다.

미다스는 얼룩말이나 누 떼가 자주 다니는 큰길 근처로 무리를 이끌었다. 원래 있던 곳에서 20km 남짓 떨어졌으니 먼 곳은 아니었다. 하지만 주거 환경은 매우 달랐다. 이전 영토에서는 기껏해야 임팔라나 톰슨가젤, 혹멧돼지가 나타났지만, 이곳은 얼룩말이나 누, 덩치 큰 초식동물이 떼로 강을 건너기 위해 모이는 곳이다. 이들을 노리며 상주하는 나일악어는 물론이고, 사자와 하이에나에게도 맛집 골목이었다.

자신들보다 크고 강한 포식자들을 상대로 숫자만 믿고 한곳에서 버티며 방어만 하는 건 좋은 전략이 아니다. 하이에나야말로 수적 열세를 무시하고 상대의 방어 전략을 파훼하는, 공격 분야의 최고 전문가들이다. 아니나 다를까 얼마 되지 않아 스무 마리에 달하는 점박이하이에나 일당이 쳐들어왔다. 뒤도 돌아보지 않고 미련 없이 도망치는 게 당연했다.

그럼에도 미다스 무리는 자신들이 잡은 터를 지키고자 버텼다. 뭔가를 지키겠다는 미련 때문에 큰 피해를 봤다. 어린 새끼들은 모조리 하이에나에게 잡아먹혔고, 성체 두 마리도 목숨을 잃었다. 그만한 게 다행이었다. 도중에 미다스가 겁을 먹고 먼저 도망치지 않았다면, 그가 용기 있게 끝까지 버텼다면, 왕조는 멸망했을지도 모른다.

실패를 통해 교훈을 얻는 건 사람이나 동물이나 마찬가지다. 아니, 식물도 그 정도의 지능은 가지고 있다. 미다스가 뒤늦게라도 반성하고 자신의 실패를 인정했다면 두 번째 피해는 막을 수 있었을 것이다.

점박이하이에나에게 당한 뒤 그는 이를 갈며 복수를 다짐했다. 패배의 원인이 부족한 머릿수에 있다고 생각한 그는 잠베지강 건너 북쪽과 우룽웨 지역 서쪽에 있던 리카온 무리까지 끌어모아 세를 늘렸다. 전보다 많은 부하를 이끌게 된 미다스는 기세등등하게 하이에나가 있는 동쪽 지역으로 진군했다.

킁킁. 선두에 있던 리카온이 하이에나의 냄새를 맡았다. 자신의 영역에 대한 집착이 병적일 정도인 하이에나는 항문에 있는 두 개의 냄새샘으로 흔적을 남긴다. 선두에 있던 녀석의 신호에 미다스가 달려갔다. 그의 눈앞에 나타난 커다란 굴은 하이에나의 것이 분명했다. 새하얀 똥이 근처에 수도 없이 많았다. 인간이 흰 똥을 눈다면 몸에 이상이 있다는 신호지만, 동물의 뼈까지 씹어먹는 하이에나라면 흰 게 정상이다.

사냥을 나갔는지 하이에나는 보이지 않았다. 미다스는 녀석들의 영역에 마음껏 마킹을 하도록 했다. 주인 없는 곳에서 한동안 무력 시위를 벌인 미다스 무리는 그렇게 점박이하이에나의 구역을 더럽히는 것으로 복수를 마쳤다. 개선장군처럼 자신들의 영토로 돌아온 그들을 기다리고 있던 건 강물에서 목을 축이던 아프리카물소 가족이었다. 하이에나에게 보여주지 못해 아쉬웠던 자신들의 용맹을 과시할 기회였다.

아무리 숫자가 많더라도 아프리카물소 성체를 상대할 수는 없었다. 대신 새끼 두 마리를 공략하기로 한 그들은 강 유역의 초목 지대로 들어가 조용히 몸을 숨기며 사냥의 때를 기다렸다. 나일악어를 견제하며 물을 마시던 아프리카물소들이 갑자기 고개를 돌려 강 상류를 바라보았다. 그리고 이내 무리의 우두머리를 필두로 일제히 하류 쪽으로 달리기 시작했다. 지축이 흔들리는 듯 엄청난 진동이 느껴졌다.

갑작스러운 상황이었지만 리카온 무리는 뒤쪽에 처진 새끼들을 사냥하기 위해 몸을 드러냈다. 새끼 물소를 향해 달려가던 미다스와 그의 무리는 자신들보다 먼저 아프리카물소를 노리고 있던 무시

무시한 자객이 있음을 알아차렸다. 일곱 마리의 암컷 사자들이 무서운 속도로 자신들의 앞을 지나갔다. 그리고 어슬렁거리며 그 뒤를 쫓던 수사자 세 마리 눈에 리카온이 걸려들었다.

마나폴스에서 가장 많은 성체 사자로 구성된 프라이드[*]가 자신들의 구역을 벗어나 이곳까지 나타난 게 특이한 일은 아니었다. 건기가 되면 사냥을 위해 잠베지강 기슭을 배회하는 게 그들의 일상이었다. 사자와 하이에나는 태어날 때부터 관계가 좋지 않아서 서로의 새끼를 죽이는 경우가 허다하다. 사자가 리카온이 사냥한 먹이를 강탈하는 것도 흔하다. 머릿수가 많다는 전제하에 하이에나와 리카온이 역습을 펼치기도 하지만 그건 암컷 사자를 상대할 때다.

사자에게 리카온은 아디다스 모기나 산모기라고 부르는, 군인들이 극도로 혐오하는 흰줄숲모기 같은 존재다. 치명적이지는 않지만, 떼로 달라붙으면 꽤 성가시기 때문이다. 세 마리의 수컷 사자가 모기를 때려잡듯 리카온을 향해 앞발을 날리며 공격을 시작했다. 문자 그대로 스쳐도 사망이었다. 복수를 위해 출정을 다녀온 미다스 무리는 생각도 못 한 사자들의 공격에 초토화됐다.

이날 미다스 무리의 삼 분의 일이 죽거나 불구가 됐다. 테이블에 이어 빅썬과 커맨더에 이르기까지 번성의 기틀을 튼튼하게 닦았던 리카온 무리는 몰락했다. 2002년 월드컵이 끝나고 히딩크 감독이 출국한 이후의 한국 축구 국가대표팀 같았다. 지금까지 자신들

---

* 사자의 무리를 일컫는 말. 리카온 무리는 팩, 하이에나 무리는 클랜이라 부른다.

이 보여주었던 강력한 모습을 완전히 잃었다.

재회

마나풀스에서의 촬영은 일주일 만에 전부 멈췄다. 어차피 한중 양국 간의 정치적 이유로 기획된 프로그램이었으니 국제 정치 상황에 따라 중단되는 것도 이상한 일은 아니었다. 오히려 촬영에 어떤 의욕도 없던 나는 이런 우발적인 상황이 벌어지기를 기다렸는지도 모른다. 예상 못 한 일에 마주한 인간 군상을 한걸음 물러선 관찰자 시점으로 바라보는 건 나름 즐거운 일이었다.

연신 방송국 고위층과 통화를 하고 이메일을 주고받던 진 PD가 철수 준비를 하라고 했다. 촬영이 언제 재개될지도 모르는데 야영 장에서 고생할 이유가 없으니 수도인 하라레의 호텔로 돌아가기로 했단다. 그 역시 좋았다. 어떤 대안도 없이 막연히 기다려야 한다는 것은 반대로 아무거나 하면서 마음껏 시간을 보낼 수 있다는 말과 같았기 때문이다.

리웨 총감독이 양국 스태프 모두를 모아 놓고 뭔가 공식적인 발언을 할 줄 알았는데, 그는 최소한의 요식 행위조차 하지 않았다. 우리에게 아무 말도 남기지 않고 먼저 사라졌다. 야영장에서 철수하는 것도 간단한 일은 아니었다. 트럭에 촬영 장비를 싣고 검문소를 거쳐 공원 안내소에 내려놓고 다시 돌아오는 걸 세 번 반복한 뒤에야 개인 짐과 함께 안내소로 나왔다.

앞으로 어떻게 될지 모르지만 예상된 이별 앞에 양국 스태프끼리 잠시 소회를 나눴다. 젊은 친구들 몇은 그새 친해졌는지 눈물까지 글썽였다. 이후로도 여러 번, 가는 곳마다 서로 마주칠 줄은 예상하지 못했을 것이다. 몇 시간 뒤 급히 섭외한 버스가 우리를 태우러 도착했을 때는 이미 해가 질 무렵이었다. 수도 하라레로 가는 다섯 시간이 지루하지 않았던 건 블랙과 함께였기 때문이었다.

"미스터리, 내가 지난번에 말했던 녀석 있잖아. 꼭 다시 찾고 싶다고 했던."

촬영하는 동안 내게 리카온 왕조의 역사를 알려주었던 블랙이 푸른 눈을 가진 한 리카온의 얘기를 들려주었다. 우리가 일주일 동안 촬영했던 리카온 무리를 이끄는 트램프는 왕조의 두 번째 우두머리였던 시저의 직계인데, 이들의 가장 융성했던 시절 우두머리였던 커맨더가 남긴 자식 중 남다른 녀석이 얼마 전까지 마나풀스에 있었다는 것이었다. 태어날 때부터 신비한 눈빛을 가진 녀석이었는데, 그 때문인지 몰라도 무리에서 쫓겨나 떠돌이 들개가 되었단다.

푸른 눈의 리카온에 흠뻑 빠진 그는 쉬지 않고 입을 열었다. 나는 블랙이 들려주는 얘기에 매료되었다. 그는 긴 얘기를 짧고 조리 있게 축약하면서, 하이라이트 부분에서는 또 박진감 있게 묘사하는 재주를 가졌다. 리카온에 이어 아프리카 대륙의 슬픈 식민지 역사까지 덤덤하게 요약해 준 그는 자기 부족에 관한 얘기도 들려주었다.

짐바브웨 인구의 대부분은 쇼나족이다. 그가 속한 은데벨레족은 줄루족에서 갈라져 나온 소수민족이다. 80년대, 당시 총리였던 무가베는 자신의 반대 세력이었던 은데벨레족 거주지에 대한 무차별 소탕 작전을 지시했다. 2만 명이 넘는 희생자 중에는 블랙의 할아버지와 할머니까지 포함되었다. 얼마 전 무가베가 죽었을 때, 그의 마을에서는 며칠간 축제를 벌였단다. 독재자로 인한 학살의 역사를 들으니 남의 얘기 같지 않았다. 가슴이 먹먹했다.

버스는 가로등은커녕 민가 불빛 하나 없는 밤길을 한없이 달렸다. 하라레에 가까워지니 드디어 인공물에서 나오는 불빛이 보였다. 호텔에 들어서 버스가 멈췄다. 앞문 계단을 내려와 땅에 발을 디뎠다. 잠베지강의 모래사장, 온갖 동물의 발자국이 박힌 그 폭신폭신한 곳보다, 작은 잡초 하나가 뿌리를 내리는 것마저 거부하는 딱딱한 아스팔트가 편했다. 문명으로 돌아왔다.

불과 24시간 전, 나는 코끼리 울음소리가 들리는 텐트 안에서, 불닭맛라면 때문에 아직도 혀가 얼얼하다는 요시다와 함께 리카온 무리의 사냥 장면을 찍은 헬리캠 영상을 보고 있었다. 이제 요시다는 그렇게 찾던 흰 우유를, 얼음까지 띄워 마실 수 있게 됐다. 다들 배정받은 방 침대 옆에 짐을 던져 놓고 샤워부터 시작했다.

이번에도 현지 가이드는 호텔 체크인하기 전에 모두를 모아 놓고 야간 외출은 위험하니 절대 금지라고 얘기했다. 그럼에도 양국의 젊은 방송사 직원들은 곧바로 호텔을 탈출했다. 하기야, 새벽부터 시작해 자정 무렵까지 이어진 강행군을 마치고도 텐트 안에서 술을 마시며 수다를 떨던 이들이다.

중국어 속담에 "담배로 다리를 놓고, 술로 길을 낸다(烟搭桥, 酒开路)"라는 말이 있다. 멀리서 사자 울음소리가 들리는데도, 근처 숲에서 뭔가 커다란 짐승이 다가오는 소리가 들리는데도, 젊은 스태프들은 술을 마시며 깔깔거렸다. 그 철없는 에너지가 나에게는 위안이 되기도 했다. 그 흔한 가로등 불 하나 없이, 쏟아질 것 같은 별빛과 야행성 동물의 번쩍이는 눈빛이 전부인 곳에서 풍기는 은은한 담배 냄새에 오래전 끊었던 담배를 다시 피우고 싶어지기도 했다.

이번에는 나와 요시다도 호텔을 빠져나왔다. 블랙이 옆에 있으니 든든했다. 현지 사업가들이 주로 들른다는 주점에 들어가 안주로 스테이크를 먹었고, 크림 리큐어를 연달아 비우며 남자 셋이 유쾌한 대화를 나눴다. 한국인도 아니면서 자꾸 "2차는 필수"을 외치던 요시다에게 이끌려 근처 카페로 자리를 옮길 때는 지연 씨를 중심으로 모인 젊은 한중 스태프들과 마주쳤다. 취기 때문이었는지 2002년 월드컵 길거리 응원처럼 반갑게 하이 파이브를 나눴다.

다음날부터 시작된 현지 관광은 내 계획에 없던 것이었다. 정말 황당한 것은 그 여행을 주도한 게 나였단다. 2차로 갔던 곳에서 피자와 맥주, 위스키까지 먹었던 건 기억이 난다. 영어가 유창하게 나오던 기억이 있는 걸 보니 그때부터 취했던 게 확실하다. 취중에 어릴 때의 핵인싸로 돌아갔나 보다. 전혀 기억이 나지 않지만, 호텔 방에서 몇 날 며칠 얌전하게 대기하느니 진짜 아프리카를, 진짜 짐바브웨를 느끼자고 했다나?

말에 책임을 지게 됐다. 차를 빌려 일주일 동안 짐바브웨 곳곳을 여행했다. 내내 카메라 렌즈를 통해서만 봤던 잠베지강을 촬영이라는 굴레에서 벗어나 제대로 구경했다. 선셋 크루즈는 생각보다 좋았다. 그동안 세계 곳곳을 다니며 배 띄우고 노는 걸 수없이 해봤는데, 야생 하마와 코끼리를 코앞에 두고 술을 마시는 건 색달랐다. 주류가 무제한이라는 점도 좋았다.

커다란 하마 한 마리가 무서운 속도로 배를 향해 돌진해 올 때는 여기저기서 비명이 들렸다. 배 바로 앞에서 멈춘 하마는 "쫄았어?" 하는 표정으로 우리를 비웃듯 입을 쫙 벌리더니 다시 자기 가족이 있는 곳으로 유유히 헤엄쳐 돌아갔다. 근처 호텔로 갈 때는 커다란 어미 코끼리가 도로 한 가운데를 막은 채 버텨서 우회로로 돌아가는 바람에 한 시간 반이 넘게 걸리기도 했다.

빅토리아 폭포는 예전에 잠비아에서 구경한 적이 있기에 그리 가고 싶지는 않았지만, 요시다 때문에 마지못해 따라갔다. 입구에 즐비한 상인들은 나무나 돌을 깎아 만든 기념품을 팔고 있었다. 그 유명한 바오밥나무 관련한 기념품도 많았다. 빠뚜남이나 왕푸징 시장 같은 분위기였다. 동남아 관광지의 상인들이 그렇듯, 이들 역시 한국말을 잘했다. 바가지를 씌우려고 혈안이 되어 있는 점도 같았다.

나는 기념품을 사는 대신 바오밥나무 열매를 사서 먹어보았다. 울퉁불퉁한 타조알처럼 생겼다. 껍데기를 깨면 수많은 씨가 있는데, 이를 덮은 섬유질을 먹는다. 시큼털털 맛이 없어서 근처 휴지통에 버렸다. 요시다는 '바오밥나무 수제 기념품'이라는 문구를 달아놓은 노점에서 나무 목걸이를 하나 샀다며 자랑했다. 블랙은 "그건 바오밥나무 모양을 본떠 만든 목걸이지, 바오밥나무로 만든 것은 아니다"라고 했다. 요시다는 외국에만 나가면 꼭 사기를 당한다며 억울해했다.

건기가 시작된 지 얼마 되지 않아, 빅토리아 폭포의 물보라는 여전했다. 폭포 위부터 협곡 아래로 이어지는 커다란 무지개를 볼 때는 나도 감탄이 절로 나왔다. 현지인들은 이곳을 무지개의 집이라고 부른다고 블랙이 설명해 주었다. 늘 무지개가 떠 있다는 그곳 옆에는 악마의 수영장이 있다. 구원의 징표이자 희망의 상징이 악마의 웅덩이와 붙어 있다니, 이것이야말로 세상의 진리가 아닌가 싶었다.

시간은 빠르게 흘렀다. 블랙이 우리에게 보여주고 싶어 했던 곳은 많았고, 40대의 한국인과 30대의 일본인, 20대의 짐바브웨인은 찰떡궁합을 자랑했다. 불라와요라는 짐바브웨 제2의 도시에 자리한 블랙의 집에 초대받기도 했다. 그의 가족과 함께 현지 가정식을 먹는 것으로 우리의 여행은 끝이 났다. 다시 하라레의 호텔로 돌아가야 했던 건 프로그램 제작 관련하여 중국과 협의를 마쳤다는 연락을 받았기 때문이었다.

공동 제작 철회. 협의 결과를 여섯 글자로 요약하면 이와 같다. 여전히 모호하긴 했다. 공동 제작 철회라는 말은 어느 한쪽의 단독 제작 여지는 남아 있는 것이라고도 해석할 수 있기 때문이다. 아무튼 우리와 마찬가지로 관광을 즐기고 돌아온 중국 쪽 방송국 직원들은 하루만 더 체류한 뒤 공항으로 떠나기로 했다.

"그래서, 여기서 개고생하면서 찍은 거 전부 날려버리라고? 한국 방송 역사상 최초로 야생 아프리카 들개를 찍은 거 아니야."

"새꺄. 진 PD한테 다 들었어. 그림 나올만한 것도 없다며."

"그놈이 뭘 알아. 형, 내가 누군지 몰라? BBC도 못 담은 그림이 이제 나온다고."

"네가 방송국 직원이냐, 인마? 까라면 까."

"아, 그렇구나. 네. 알겠습니다. 씨발, 까라면 까야죠. 네, 네."

종승이 형과 통화하며 내가 왜 열불을 토했을까. 나도 나를 잘 모르겠다. 일방적으로 전화를 끊어버리고는 멍하니 창밖을 바라보았다. 서양 관광객을 태웠을 비행기가 수없이 뜨고 내렸다.

촬영을 이어가고 싶었다. 짐바브웨에 정이 든 것일까? 그것도 잘 모르겠다. 블랙이 아니었으면, 나는 곳곳에서 뇌물이 일상이 된 나라, 코앞에서 뻔뻔하게 사기를 치고도 "T. I. A!(This is Africa! 이곳이 아프리카다!)"를 외치는 나라에 대해 환멸을 느꼈을지도 모른다. 그 말을 처음 들은 건 렌트카로 국경을 통과할 때였다. 돈을 요구하는 세관 직원의 입에서 나온 말이었다.

그 유명한 짐바브웨 달러를 강매하려던 현지 청년의 입에서도, 갑자기 정전되는 바람에 놀라서 내려간 호텔 프런트 직원의 입에서도, 수도 하라레에 진입할 때 차량을 세우더니 대뜸 "삼각대가 없으면 벌금을 내야 한다"고 하기에 트렁크를 열어 규정대로 삼각대와 형광등, 소화기가 모두 있는 걸 보여주자 머쓱하게 웃던 경찰의 입에서도 그 말이 나왔다.

원래는 인간을 압도하는 대자연 앞에서 감탄하는 관광객에게, 갑작스러운 환대에 감동한 낯선 이방인에게 하던 표현이었다. 그 멋진 말의 가치를 아프리카인들이 스스로 깎아내렸다. 대륙에 만연한 부패를 두고 하는 이 말은 아프리카에 대한 외부인의 편견을 강화하고 있다. 내게는 그게 유독 서글펐다.

방송국 새끼들이 다 그렇지 뭐. 우리 역시 자조하며 수없이 했던 말이다. 시대극 촬영 현장에서 세트가 무너져서 숨진 단역 배우, 연이은 밤샘 촬영 때문에 집에 들어가기는커녕 쪽잠도 제대로 못 자다가 과로로 쓰러져 끝내 일어나지 못한 막내 작가, 그들의 희생이 더는 없어야 한다며 홀로 투쟁하다 방송국 전체로부터 따돌림받아

우울증에 스스로 생을 마감한 PD, 이들의 장례식장에서 들은 말이다. "방송국 새끼들이 다 그렇지 뭐."

아니, 여전히 모르겠다. 내가 왜 촬영을 이어나가고 싶었는지. 내가 종승이 형에게 했던 말도 그렇다. 그게 내 속에 있지만 나도 모르던 진심이었는지, 아니면 즉흥적이고 충동적으로 내뱉은 말인지 여전히 나는 모른다. 종승이 형은 두 시간 뒤에 다시 전화를 걸어왔다. 호텔 화장실 변기에 앉아 담배를 피우고 있다가 전화를 받았다.

"새꺄. 그래서, 어떤 그림이 나오는데?"

"아프리카 들개 중에 블루아이라는 놈이 있어. 눈이 파란색이야. 돌연변이겠지."

"그래서?"

"왕의 혈통을 받은 녀석이거든. 그런데 무리로부터 쫓겨나서 혼자 떠돌아다녀. 그러니 만나는 모든 것들이 위협이지. 내가 볼 때는 이게 아프리카가 처한 현실이거든. 이상 기후 때문에 건기에 가뭄도 더 심해지고 그러니까, 가장 사회적인 야생동물조차 자기 식구에게 버림받을 정도로 망가지고 있단 말이지. 쫓겨난 놈이 잘못한 건 없거든. 다 인간이 저지른 잘못이지."

"아, 그래. 너처럼? 그래서, 들개 새끼를 통해 네 내면을 관찰하는 다큐멘터리를 찍으시겠다? 야, 세상 참 좋다. 네 사적 욕망을 채우기 위해 지상파 방송을 이용하겠다는 그런 말씀이시네. 그래, 네가 CP 해라."

그의 말을 듣고 울컥했다. 아니, 뜨끔하기도 했다. 형의 말대로 나는 아직 보지도 못한 리카온 한 마리에게 자신을 투영했던 것일까?

"진 PD는 파란 눈이 어쩌고, 그런 놈 봤다는 말 안 하던데."

"걔가 뭘 아냐고. 리웨 감독은 알지. 거기도 블루아이란 놈한테 딱 꽂혔단 말이야. 기획에 뭔가 야마가 부족했는데, 이거면 이야기가 나오겠다고, 떵하오! 떵하오! 막 그랬단 말이야. 그런데 프로그램 엎어지니까 중국으로 튀었네? 그러면 우리가 먹어야지. 결론이 해피엔딩이건, 배드엔딩이건, 동물을 통해 아프리카의 미래를 전망하는, 꽤 수준 높은, 형이 좋아하는 그 고품격 다큐멘터리가 나올 수 있다고. 역사에 이름을 남기고 싶다며?"

"너, 그 구라 진짜야? 진짜 리웨도 그랬어?"

"형, 씨발 진짜. 내가 왜 구라를 까. 내가 오고 싶어서 여기까지 온 거야? 등 떠민 게 누구더라?"

내 진술한 목소리가 그의 마음을 움직인 걸까? 종승이 형은 잠시 침묵하더니 길게 숨을 내쉬었다. 곧 담배를 입에 물고 불을 붙이는 소리가 들렸다. 높으신 국장님의 특권 중에는 사무실에서 흡연할 수 있는 권리도 포함되어 있다.

"돈은? 누구 돈으로 찍을래? 이거 예산 중에 절반이 전파협회 거였어. 이제 지금까지 들어간 정부 지원금까지 다 토해낼 판인데. 씨발, 네 돈으로 찍을래?"

"돈 얘기를 하시겠다? 오케이. 그러면 현장은 스탠바이합니다."

"뭔 소리야, 인마?"

"예산은 형이 알아서 해결해야지. 그 높은 자리에 괜히 앉아 있어? 좋은 소식 기다릴게."

"야, 잠깐만. 씨발, 전화 끊지 마. 딱 사흘. 사흘만 알아보고 쩐주 확보 못 하면 바로 철수다."

다른 산업과 마찬가지로 방송 역시 돈으로 움직인다. 드라마의 경우 제작비가 수백억에 달하는데도 한류 열풍으로 투자받기 수월하다. 다큐멘터리 예산은 드라마의 한 회분 정도지만 투자받기가 쉽지 않다. 괜찮은 기획안이 있으면 과학기술정보통신부나 관련 협회가 반, 방송국에서 반을 투자해서 제작하는데, 만드는 사람들이 들이는 품에 비해 늘 턱없이 부족한 수준이다.

나는 신입 시절에나 잠깐 있던 열정을 쏟아냈다. 호텔의 볼룸 하나를 빌려 방송국 직원과 프리랜서를 포함한 한국인 스태프들을 모두 모았다. 그곳에서 나는, 주제넘게도, "한중 공동 제작은 물거품이 되었지만 단독으로 진행할 가능성이 열렸고, 우리가 촬영하던 트럼프 무리에서 이탈한 블루아이라는 리카온을 집중적으로 다루는 콘셉트가 될 것"이라고 설명했다.

현장에 있던 스태프들 모두가 호응한 것은 아니었지만 많은 수가 관심을 표명했다. 진 PD도 그중 하나였다. 설명을 마치고 호텔

밖으로 나와 다시 피우게 된 담배를 입에 물었을 때 그가 나를 찾아왔다.

"선배님, 그 블루아이라는 놈. 진짜 보셨어요?"

"봤다니까. 블랙한테 물어봐요."

"기존에 찍은 거는 다 날려야 하나요? 앞에 붙여서 내러티브 구조를 만들 수 있을 것 같기도 하고."

"그건 진 PD가 알아서 하셔야지. 재촬영 들어가면 누가 총괄하는데? 나는 그냥 '촬영하다 보니 그런 놈이 보이더라', 의견만 낸 거고. 방향을 제시한 건 국장님이셨어. 나랑 오래된 사이잖아. 전화로 닦달해서 전해 들은 거지. 진 PD한테 먼저 전하라고 하셨는데, 내가 마음이 급했네. 외주 기사님 중에 바로 한국 들어가겠다는 분도 계시고 해서. 혹시라도 오해 없었으면 해."

내 말을 들은 진 PD는 금세 얼굴이 밝아졌다. 역시 젊은 사람들은 해맑다.

종승이 형이 사흘을 명시한 건 사흘간의 체류비 정도는 방송국에서 지급할 수 있다는 것을 뜻하기도 했다. 블랙의 인건비도 마찬가지였다. 그는 내 부탁대로 호텔 방에 모인 연출자와 작가들에게 마나폴스 지역 리카온의 역사와 블루아이에 관한 이야기를 들려주었다. 그의 말솜씨 덕분이었는지 다들 고무된 분위기였다.

사흘 동안 호텔 방에서 마냥 기다릴 수 없던 나는 블랙과 함께 블루아이를 찾아 다시 마나폴스 국립공원을 향했다. 동쪽 지역부터

수색을 시작했다. 촬영이 재개되더라도 블루아이를 찾지 못한다면 모든 게 허사였다. 사자나 호랑이, 다른 리카온에게 죽임을 당했을 수도 있었다.

너무도 반가운 만남과 뜻하지 않았던 만남이 동시에 이루어진 날이었다. 블랙은 과연 리카온에 대해서는 최고의 전문가였다. 몇 가지 단서를 통해 블루아이를 포함해 추어 지역에 있던 리카온 무리가 어디론가 이동 중이라는 걸 대번에 파악한 그는 사피 지역으로 차를 몰았다. 그곳에서 사냥감을 찾아 헤매던 블루아이를 발견했다. 무사히 살아남은 녀석이 너무도 대견했다.

블루아이에게 송신기를 단 것까지 성공하자 근처 롯지에서 블랙과 축배를 들기로 했다. 가던 길에 너무 더워서 카리바호 근처의 레스토랑에 들렀다. 그곳에서 뜻하지 않았던 만남이 벌어졌다. 고등학교 동창 준구가 한국 건설회사의 임원이 되어 내 앞에 나타났다.

***

치타로부터 빼앗은 톰슨가젤이 블루아이를 살렸다. 앞으로 언제 또 이런 포식을 할지 장담할 수 없기에 그는 고개를 처박은 채 배가 터지도록 고기를 뜯었다. 피 냄새를 맡고 찾아온 독수리 떼에게 남은 고기를 흔쾌히 양보해도 아깝지 않을 만큼 만족스러운 식사를 했다. 누군가 죽어야 누군가 살아갈 수 있는 야생의 삶, 이곳이 아프리카다.

어느덧 개와 늑대의 시간이 찾아왔다. 멀리 지평선 아래로 잠기기 시작한 석양이 대지를 온통 붉은색으로 물들였다. 블루아이는 조금 전까지는 차마 엄두가 나지 않았던 구릉을 향해 힘차게 발걸음을 옮겼다. 물을 찾기 위해 깊게 뿌리를 내린 나무 아래에서 알 수 없는 동물이 파 놓은 굴을 발견했다. 하룻밤 묵기에 더없이 좋은 곳이었다. 이제 밤이 되어도 그리 춥지 않았다.

알람이 울리지 않아도 블루아이는 아침 일찍 일어났다. 후드득 빗방울이 떨어지는 소리가 요란했다. 건기의 끝을 알리는 반가운 비였지만 땅 위에 자신의 발자국이 남는 게 꺼림칙했다. 그렇다고 추어 지역 한가운데, 척박한 구릉지대인데다가 온통 산으로 둘러싸여 먹잇감을 찾기 힘든 곳에 머무를 이유는 없었다.

그는 동쪽으로 난 계곡을 따라 사흘 동안 이동했다. 메뚜기를 잡아먹으며 심심함을 달랬고, 운 좋게 잡은 새 한 마리는 훌륭한 간식이 되었다. 여권과 비자가 없이도 모잠비크 국경을 쉽게 넘었다. 중간에 남쪽으로 길을 잘못 들었다가 큰 낭패를 볼 뻔하기도 했다. 자기도 모르게 인간의 영역에 발을 들였기 때문이다.

건기 동안 말라 있다가 비가 내리자 다시 물이 흐르고 있는 얕은 강을 발견했다. 강기슭을 따라 사방이 탁 트인 길을 걷다가 인간의 냄새를 맡았다. 인간과 마주해서 좋은 일이 생길 리는 없었다. 불모의 땅 한 가운데에도 여호와의 증인 건물이 있었다. 다행히 먼발치에서 발견했기에 그곳 사람과 마주치지는 않았다. 블루아이는 근처 숲으로 몸을 피한 뒤 빙 돌아갔다.

방향을 바꾸어 북쪽으로 걷다 보니 멀리서 물 냄새가 났다. 마침 넓은 평원도 나타났다. 그는 모처럼 신나게 달려보았다. 네 발로 땅을 박차는 느낌이 좋았다. 그는 리카온 중에서도 훌륭한 신체 조건을 타고났다. 아직 몸이 다 자라지는 않았지만, 이제 곧 전성기를 맞이하게 될 것이다. 외톨이 생활을 하며 많은 경험도 쌓았다.

한참 달리던 그가 멈춰 서더니 고개를 들었다. 귀를 쫑긋 세운 채 킁킁거리며 냄새를 맡기 시작했다. 주변에 뭔가 있는 것이 분명하다고 생각한 그는 근처 바위 뒤로 몸을 숨겼다. 사냥감은 아니었다. 블루아이는 애써 진정하려고 헉헉거리며 혀를 내민 채 숨을 골랐다. 상대가 뒤에서 나타난다면 그의 발자국과 냄새를 따라온 추적자일 것이고, 앞에서 나타난다면 잠복한 채 먹잇감을 기다리고 있던 포식자일 것이다. 긴장의 시간이 흘렀다.

잠시 뒤 그의 앞에 모습을 드러낸 것은 성체 열댓 마리의 리카온 팩이었다. 우두머리를 선두로 발을 맞춰 걷던 이들이 블루아이가 숨은 바위 앞에서 걸음을 멈추었다. 블루아이는 동족과 다시 만난 게 반가웠지만, 경계심을 거둘 순 없었다. 마나폴스에서 함께 지내던 트램프의 무리와는 냄새도 울음소리도 달랐다. 그들이 자신을 어떻게 생각하느냐가 중요했다.

"나는 커맨더의 아들 블루아이다. 마나풀스에서 왔다. 너희는 누구이며 어디에서 왔는가?"

인간의 언어 방식을 가졌다면 이렇게 묻고 싶었을는지도 모른다. 하지만 야생에서는 통성명이나 호구조사 같은 절차가 없다. 상대를 유심히 관찰하며 냄새와 눈빛을 통해 친구가 될지 적이 될지, 나보다 강한지 약한지를 따질 뿐이다. 우두머리 암컷 다이앤이 블루아이에게 다가왔다.

이들 추어 지역의 리카온은 모잠비크와 말라위 서쪽, 잠비아 북동쪽 등 다양한 출신이 섞여 지내고 있었다. 블루아이가 그걸 눈치채는 건 어렵지 않았다. 아직 얼룩무늬가 나타나지 않아 보송보송한 까만 털을 가진 새끼들이 전갈을 가지고 노는 것을 성체들은 그저 말똥말똥 지켜만 보고 있었다. 위험한 것과 그렇지 않은 것을 구분하도록 체계적으로 교육하는 게 리카온 무리의 전통이다.

우두머리 암컷은 블루아이보다 덩치가 훨씬 컸다. 그녀의 주둥이가 자신의 목 근처를 지날 때는 블루아이도 살짝 두려웠다. 곧바로 목덜미를 물릴 수도 있는 상황이었다. 둘은 상대를 파악하기 위해 서로의 냄새를 맡았다. 표정만 가지고는 리카온이 어떤 생각을 하는지 알 수 없다. 개와 달리 누군가에게 잘 보이기 위해 꼬리를 치며 애교를 부리거나 부탁을 들어달라고 짖으며 조를 필요가 없기에 리카온의 얼굴은 늘 장난기 없는 정색이다. 표정이나 소리보다는 상대가 보이는 태도, 행동, 냄새가 더 중요하다.

한참 동안 블루아이의 냄새를 맡으며, 다이앤은 그가 어느 곳에서 왔는지, 무엇을 먹었는지, 함께 지내는 무리는 없는지를 파악했다. 그러고는 별다른 반응을 보이지 않고 자신의 무리가 있는 곳으로 돌아갔다. 무리의 선두에 선 그녀는 가던 방향으로 다시 걸음을 옮겼다. 무리 중 몇이 고개를 돌려 블루아이를 뻔히 쳐다보다 우두머리를 따랐다.

홀로 남겨진 블루아이는 천천히 무리의 뒤를 따라 걸었다. 외톨이 수컷을 향해 이빨을 드러내고 위협해 쫓아내지 않았다는 게 꽤 긍정적인 신호라고 판단했다. 무리가 자신을 받아들여 줄 가능성이 크지는 않겠지만, 그들을 따라다니기만 해도 상당한 위험을 예방할 수 있겠다는 생각이었다. 그렇게 며칠 동안, 일정 거리를 유지한 채 그들을 관찰했다.

마나풀스에서 함께 지내던 무리처럼 체계적이지는 않았지만, 다이앤의 팩 역시 리카온답게 탁월한 사냥꾼이었다. 사냥을 나가는 족족 전리품을 거두었다. 그들은 자신의 몫을 먹은 뒤 다이앤 부부의 어린 새끼들에게 게워줄 분량까지 삼켰다. 그래도 남은 고기 찌꺼기는 블루아이가 먹도록 허락했다. 자존심이 상할 일이지만 야생동물은 그런 걸 생각하지 않는다. 블루아이는 그들이 먹다 남은 고기를 뼈째 씹어먹으며 살아남기 위해 노력했다.

무리 중에는 아직 블루아이보다 몸집이 작은 어린 녀석들도 있었다. 언젠가부터 그중 한 녀석의 시선이 블루아이에게 꽂혀 있었다. 블루아이가 입을 쫙 벌리며 하품을 하면 먼발치에서 그 모습을 따라 했다. 그가 바위를 타면 그 모습을 유심히 지켜보다가 갑자기 깨금발로 나비를 쫓는 엉뚱함이 있었다. 블루아이는 녀석이 귀여워 보였다.

트램프가 이끄는 무리와 다이앤 무리의 역사는 데칼코마니처럼 비슷하다. 마나풀스 리카온 왕조를 연 엠퍼러가 짐바브웨로 이주하게 된 것도, 그를 시해하고 왕좌에 오른 시저, 트램프의 아비가 몰락하게 된 것도 모두 하이에나 때문이었다. 그들이 마나풀스에서 다시 우룽웨 지역으로 이주하게 만든 건 인간이었다. 다이앤의 무리역시 잠비아의 국립공원 지대에 있다가 인간 때문에 영역이 좁아지자 카오라바사 호수 남단의 추어 지역으로 영역을 옮겼다.

강과 호수처럼 물이 있는 곳에는 다양한 식물과 동물이 공존한다. 댐으로 물길을 막고, 발전소가 세워지고, 관광지가 들어서면서 인간들이 그 자리를 빼앗았다. 열악한 환경에 뒤로 밀리고 밀린 동물들의 삶은 더 각박해졌다. 영역이 줄어든 건 리카온만이 아니라하이에나도 마찬가지여서 다이앤 무리는 자신의 영역을 잃고 남하하던 점박이하이에나 무리에게 수차례 위협을 당했다.

이른 아침, 일제히 사냥에 나선 다이앤 무리가 자리를 잡은 곳은 카오라바사호 유역에 생긴 꽤 큰 웅덩이 근처의 수풀이었다. 니알라 무리가 태평하게 웅덩이 근처에 난 풀을 뜯고 있었다. 수컷 한 마리에 암컷 네 마리였다. 재채기 투표를 통해 모두 사냥에 동의했지만, 다이앤은 좀처럼 사냥 시점을 잡지 못했다.

니알라 중에서도 가장 돋보이는 수컷은 리카온보다 덩치가 세 배는 컸다. 머리에 달린 뿔 크기만 해도 웬만한 리카온의 몸길이와 비슷했다. 비슷하게 생긴 초식동물들이 으레 그렇듯 니알라도 겁이 아주 많다. 암컷들은 풀을 뜯다가 작은 소리만 들려도 고개를 들고 귀를 쫑긋 세우며 주위를 경계했다.

저만치 떨어져 다이앤 무리의 사냥을 지켜보던 블루아이가 무리 안으로 들어왔다. 사냥을 준비하고 있던 리카온들은 영문도 모른 채 그의 돌발행동을 바라만 봤다. 블루아이는 자신의 사냥 계획을 전하기라도 하듯 다이앤의 곁으로 다가가 잠시 머물렀다.

마나풀스에 있을 때 니알라 영양 사냥에 몇 번 동참한 적이 있었다. 단체로 감시망을 형성해 포식자를 경계하다가 누군가 위험을 알리면 재빠르게 도망치는 임팔라와 달리 니알라 영양은 우두머리 수컷에게 판단을 위탁한다. 문제는 자신의 건장한 체격과 뿔을 과신한 우두머리 수컷이 위험을 과소평가하여 종종 개인행동을 벌이기도 한다는 것이다. 블루아이는 이 점을 공략하기로 했다.

수풀에 숨어 있던 블루아이가 몸을 드러내자 목을 축이고 있던 니알라 무리가 일제히 몸을 일으켰다. 누군가 흰색 스프레이를 뿌려 놓은 것처럼 등에 흰 줄무늬를 가진 암컷들은 여차하면 도망갈 준비를 한 채 수컷의 눈치를 살폈다. 긴장했던 우두머리 수컷은 블루아이가 홀몸으로 나타난 것을 알고는 코웃음을 쳤다.

블루아이는 느린 걸음으로 다가가 수컷 니알라 앞에서 이빨을 드러냈다. 그것이 다른 수컷들의 도전을 모두 물리치고 암컷 무리를 차지한 우두머리 수컷의 자존심을 건드렸다. 수컷 니알라는 뒷발을 들어 땅을 몇 번 차고는 고개를 숙여 뿔을 앞으로 향한 채 블루아이에게 덤벼들었다. 블루아이는 뒷걸음을 치다가 그의 공격을 피해 시계 방향으로 돌았다.

니알라가 다시 그에게 돌진하고, 블루아이가 다시 몸을 피하기를 반복했다. 투우를 하는 것과 같았다. 어느새 수컷 니알라와 암컷들의 거리는 꽤 벌어졌고, 그 사이를 블루아이가 가로막은 꼴이 되었다. 수풀에서 이 장면을 지켜보고 있던 다이앤에게 블루아이가 신호를 보냈다. 그러자 열 마리가 넘는 리카온이 순식간에 나타나 암컷 니알라를 공격하기 시작했다.

수컷 니알라의 방심은 끔찍한 결과를 낳았다. 그가 거느리던 암컷 중 두 마리는 멀리 도망가지 못하고 리카온 무리의 집요한 공격에 쓰러졌다. 전세가 역전되자 수컷 니알라는 지금껏 자신이 공격하던 블루아이를 피해 도망쳤다. 자신의 능력을 증명하고 싶어서였을까, 그냥 내버려 둘 수도 있었는데도, 블루아이는 그의 뒤를 쫓았다.

맞서서 싸웠다면 일대일 대결의 승자를 장담할 수 없었지만, 뒤를 보인 이상 리카온의 상대가 될 수 없었다. 블루아이는 긴 추격전 끝에 수컷 니알라를 쓰러뜨렸다. 지칠 대로 지친 수컷 니알라는 다

시 일어설 힘이 없었다. 이 한 번의 인상적인 사냥으로 블루아이는
다이앤 무리에게 인정받게 되었다. 그는 다이앤 부부 바로 다음의
서열에 곧바로 오르게 되었고, 이에 반발하는 리카온은 없었다.

문법의 차이

은혜와 교제를 시작하며 그녀에게 내가 살던 세상의 문을 열어 주었다. 캠퍼스 커플답게 학교에서 주로 데이트했다. 갈 때마다 사이다 한 병을 서비스로 주던 대패삼겹살집, 점심에 파는 철판볶음밥이 일품이던 닭갈빗집, 손님이 없으면 사장님과 단둘이 생맥주를 비우며 세상 돌아가는 얘기를 했던 호프집을 비롯한 학교 근처 단골집을 그녀와 공유했다.

주말에는 다른 연인들처럼 이곳저곳을 돌아다녔다. 지방에서 올라와서 서울을 잘 모른다던 그녀는 내 취향에 맞는 곳이면 자기도 좋다고 했다. 신촌 굴다리 포장마차나 피맛골 막걸릿집같이, 젊은 여자들이 좋아하지 않을만한 곳에서 데이트하는 걸 꺼리지 않았다. 주로 칙칙한 남자들이 찾는 곳들이었는데, 짧은 치마를 즐겨 입던 그녀가 등장하면 시선이 쏠렸다.

우리가 참 잘 맞는다고 생각했다. 그녀가 나처럼 노포의 운치를 즐기는 부류라고 생각했다. 나중에서야 알았다. 굴다리 포장마차의 계란말이를 좋아하는 줄 알았던 그녀는 근처 현대백화점 지하에 있던 미고 베이커리의 치즈케이크를 훨씬 더 좋아했다. 대학로 락카페는 시끄럽고 담배 연기가 많아서 싫다더니, 친구들과 강남역 단코와 딥하우스 같은 클럽을 오래 드나들었다.

부끄러운 얘기지만 나는 당시 내가 그녀보다 여러모로 우월하다고 생각했다. 지방 출신인 그녀와 달리 서울에서 태어나 서울에 있는 학교만 다녔다는 것도 그중 하나였다. 그녀는 편입생이었고, 키가 상당히 작았고, 토익 점수도 낮았다. 그녀는 말랑말랑한 일본 소설을 좋아했다. 나는 시를 좋아해서 직접 쓰기도 했다.

졸업 학기가 되자 우리가 처한 상황은 많이 달라졌다. 그녀는 언론사 취업 준비에 한창이었지만 나는 여전히 진로가 고민이었다. 신방과에 들어간 건 당시 인기 학과였기 때문이었다. 그 분야로 취업하고 싶었던 건 아니었다. 월급쟁이로 살 생각 자체가 없었다. 취업 준비 대신 미국 대학원 진학을 위해 GRE와 어학 시험을 준비했다. 그러면서 시간을 벌고 싶었나 보다. 현실과 마주하지 않으려고 허황된 꿈을 꾸고 있었다.

당시 사회 분위기에서 이른바 명문대 학생들이 대개 그랬던 것도 있었지만, 아버지가 제법 큰 기업체를 운영하고 있었기 때문에 대학에 들어가서도 태평하게 지냈다. 그러다 내가 입대할 무렵 IMF 사태가 터졌고, 영향받을 리 없다던 아버지 회사도 흔들렸다. 전역하고 나니 한강을 바라보는 아파트가 아닌, 옆 동 아저씨가 러닝셔

츠 차림으로 담배 피우는 모습이 훤히 보이는 허름한 빌라에 살게 됐다. 그곳에 아버지는 없었다.

고시원에 들어간 아버지는 재기할 수 있다며 여러 직업을 전전했고, 아직도 재기를 꿈꾸고 있다. 한동안 대리기사를 한다고 하더니 요즘은 택배 일을 하고 있단다. 친척들이나 친구들에게는 "집에서 놀면 심심하니까 운동 삼아 하는 일"이라고 했다지만, 칠순이 넘은 나이에 달리 할 일이 없어서 구한 직업이라는 걸 모두가 안다. 내게 물려준다던 회사도, 아버지도, 함께 떠났다. 대신 찾아온 것은 압류물표시라는 글자가 명조체로 선명하게 적힌 빨간딱지였다.

지금 생각하면 학원 강사나 과외로 돈을 벌어 어머니에게 생활비를 드렸어야 했다. 그런데 나는 세상 여유로운 사람처럼 유학 타령을 했고, 문학의 아름다움이 세상을 구원할 것이라며 취한 눈으로 감성팔이 시나 쓰고 살았다. 어머니가 주셨던 대학 등록금과 용돈은 모두 각종 캐피털 회사로부터 나온 돈이었다. 그 돈으로 나는 이십만 원이 훌쩍 넘던 닥터마틴 부츠를 신고 다녔다. 아들 기죽은 모습을 보는 게 어머니가 세상에서 가장 무서워하던 일이었다.

우리 집 형편을 알게 된 것은 집배원에게 받은 서류 때문이었다. 숙취 때문에 학교에도 가지 못하고 드러누워 있던 오후, 집배원이 자꾸 벨을 눌러 엄마 대신 받은 내용증명이었다. 내가 처한 현실을 다 알게 되었음에도 나는 그냥 예전처럼 살았다. 결국 빌라에서도 쫓거나 엘리베이터도 없는 상가주택 오 층 단칸방에 살게 됐을 때도, 엄마는 내게 정확한 집안 꼴을 얘기해주지 않았다.

나는 우리 집 위치를 묻는 은혜에게 예전에 살던 아파트 주소를 알려주었다. 하루는 그녀가 나를 집까지 바래다준다고 했다. 내가 항상 자기 자취방으로 데려다주는 것이 미안하고, 불공평하다는 것이었다. 그날 나는 모르는 누군가가 살고 있을 아파트에 가서 그녀에게 바래다줘서 고맙다고 인사한 뒤 버스를 두 번 갈아타고 집에 들어왔다.

그녀는 산문 같은 여자였고, 나는 시 같은 남자였다. 삶의 문법도 달랐다. 은혜는 과연 언론사 입사에 성공했다. 졸업을 한 학기 더 미뤘던 나는 결국 GRE 시험에 응시조차 못 하고 취업 준비에 들어갔다. 3점대도 되지 않는 학점으로 어떻게 유학 생각을 했는지, 술 취한 채 하룻밤을 새우며 쓴 입사지원서로 어떻게 공채 입사에 성공했는지, 지금도 기억이 부옇다.

방송국 정직원이 되니 대출을 받을 수 있었다. 삼겹살집 건물 꼭대기에서 벗어나 엘리베이터가 있는 투룸에 전세로 들어갔다. 어머니는 눈물을 흘리며 좋아하셨다. 장성한 아들과 갱년기가 한참 지나 하루가 다르게 늙어가는 어머니가 한 방에서 생활하는 건 서로 힘든 일이었다. 지금까지도 나와 어머니는 빌라와 상가주택에 살던 십 년에 가까운 세월, 각자 종교와 술에 의지하여 살던 그 시절에 관해서는 얘기를 하지 않는다.

은혜는 내게 많은 영향을 끼쳤다. 돌이켜보면 내가 유학을 준비했던 것도 그녀 때문이었는지 모른다. 2학년 2학기를 마치자 그녀는 대뜸 어학연수를 가겠다고 했다. 학교 이름 여러 개를 놓고 어디가 좋겠냐며 묻는 그녀에게 나는 상위 10위권 대학이 아니면 갈 필요가 없다고 찬물을 끼얹었다. 달리 물을 사람이 없어 내게 의지한 것인데, 나는 몰락한 집안의 외동아들답게 심사가 뒤틀려 속이 배배 꼬여 있었다.

　　그때 나는 집안 사정 때문에 눈곱이 가득한 눈으로 세상을 바라보았고, 모든 게 못마땅했다. 꼴에 바람까지 피웠다. PC 채팅을 통한 즉석만남인 '번개'에 심취한 고등학교 동창과 어울리다가 다른 여자와 잠자리까지 가졌다. 그것도 한두 번이 아니었다. 일말의 양심 때문에 죄책감이 있긴 했지만, 오히려 그녀를 이유 없이 의심하고 타박하는 것으로 표출되곤 했다.

　　"더는 안 되겠어. 오빠한테 어울리는 좋은 사람 만나."

　　출국을 일주일 앞두고 그녀는 내게 이별을 통보했다.

　　전날 그녀와 치킨집에서 맥주를 마셨고, 늘 그랬듯, 함께 모 여대 근처 모텔에 갔다. 카운터에 얘기해 맥주를 시키면 됐는데, 굳이 두꺼비가 그려진 소주를 마셔야겠다며 근처 슈퍼에 다녀왔다. 내 술버릇이 점점 거칠어지는 걸 걱정하던 그녀에게 앞으로 맥주만 마시겠다고 다짐한 지 얼마 되지 않았을 때였으니, 이미 감정이 상했을 것이다.

그녀는 맥주를 홀짝였고, 나는 오징어를 질겅질겅 씹으며 소주를 두 병 더 마셨다. 담배를 피우며 내가 쓴 시를 읽어주었다. 늘 눈을 반짝이며 내 시를 감상하던 그녀는 떨떠름한 표정이었다. 얼마 마시지도 않고 술에 취했던 건지, 나는 그녀를 향해 독설을 퍼부어 댔다.

"문학이 뭔지, 진정한 시가 뭔지, 알지도 못하는 것들이 겉멋만 잔뜩 들어서는, 남이 전력을 쏟아부어 연금한 작품을 멋대로 제단하고 평가한다고. 씨발."

내 시를 떨어뜨렸던 신춘문예 심사위원에게 하고 싶던 말이었다. 그걸 왜 그녀를 향해 뱉어댔는지, 온종일 내 비위를 맞추느라 힘들어한 걸 뻔히 알면서도 왜 적대감을 표시하며 으르렁거렸는지 모르겠다. 그때 나는 제정신으로 살고 있지 않았다. 내가 처한 현실을 부정하며 리플리 증후군 환자처럼 살았다.

신춘문예는 심사위원들이 자신의 후배나 제자를 뽑는 타락한 시스템이니, 나는 문예지를 통해 시인이 될 것이며, 당시 유명했던 안도현이나 류시화를 뛰어넘는 건 시간문제일 것이라고 확신했다. 맨정신으로는 글 한 줄도 적지 못하던 때였으니, 시라고 적어 놓았던 것들이 결국은 감정의 배설물이자 뒤틀린 자아에 대한 연민으로 범벅된 잡문이었을 것이다.

내 독설을 뒤집어쓴 그녀는 조용히 거울 앞에 앉아 화장을 하더니 외투를 챙겨입었다. 그러고는 충혈된 눈을 한 채 못마땅한 표정으로 자신의 행동을 감시하듯 바라보던 내게 헤어지자고 했다. 충격적이었지만 마음 한편으로는 원하는 일이기도 했다. 한가하게 연애하고 있을 여유가 없었다. 이별의 핑계를 찾기 위해 호시탐탐 때만 노리던 상대에게 내린 그녀의 조치는 온당했다.

하지만 나는 그녀를 곱게 보내지 않았다. 결국 너도 속물이었다니 뭐니 하는, 한심한 남자들이 하는 레퍼토리를 하나도 빼놓지 않고 내뱉으며 내 바닥을 보이고야 말았다. 그러다가 마지막으로 조금만 더 얘기하자고, 남은 맥주 다 마실 때까지만 얘기하면 곱게 보내주겠다고 했다. 그러자 그녀는 다시 외투를 벗었고 나는 안도했다. 그리고 한 시간이 넘는 시간 동안 무슨 얘기를 했는지는 기억이 나지 않는다.

"오빠, 힘든 일이 있으면 힘들다고 얘기를 해. 언젠가부터 나는 예전의 오빠가 아니라 오빠랑 비슷한 껍데기를 만나고 있다는 기분이 들어."

그녀가 이런 얘기를 했다는 건 어렴풋이 기억이 난다. 페트병에 든 맥주를 다 마시고도 그녀는 나와 ―내용은 기억나지 않는―대화를 나눴다. 이별 선언을 유예하는 방향으로 흘러갔던 것 같다. 어느 대목이었는지, 그녀가 나를 끌어안고 눈물을 터뜨리기도 했다. 키스도 했다.

나는 소주 한 병을 더 마시다가 기어이 꾸벅꾸벅 졸기 시작했다. 그녀는 함께 나가자고, 자기가 바래다주겠다며 내 손을 잡았지만,

나는 자고 가겠다고 고집을 피웠다. 더는 우리 집이 아닌 아파트에 괜히 들렀다가 가는 게 싫었고, 이미 계산한 모텔비가 아깝기도 했다. 그러자 그녀는 일어나면 바로 전화하라고 당부하며 바닥에 앉아 있던 나를 침대 위로 눕혔다.

다음날 시끄러운 전화벨 소리에 잠에서 깼다. 퇴실 시간이라며 카운터에서 걸려 온 전화였다. 주섬주섬 일어나 씻지도 못하고 모텔에서 나왔다. 그걸 보면 그때만 해도 결벽증이 심하지는 않았던 것 같다. 추웠지만 유난히 햇살이 눈 부신 날이었다.

다들 바쁘게 어디론가 발걸음을 옮기고 있는데 나는 갈 곳이 없었다. 엄마가 묵주를 돌리며 중얼거리고 있을 낡은 빌라에 들어가기는 싫었다. 문득 떠오른 것이 신촌 굴다리 포장마차였다. 그곳이라면 통기타를 치면서 노래하는 한량, 운동권 애들, 예술지망생과 그들의 초라한 우상이 모여 낮부터 술을 마시고 있을 터였다.

전날 마신 술이 깨지도 않았는데, 나는 기어이 신촌까지 걸어갔다. 무거운 닥터마틴을 신고 있어서 세 시간이 넘게 걸렸다. 역시나 낮술을 즐기는 무리가 있었고, 나는 핵인싸답게 입담을 발휘하며 그들과 어울렸다. 시를 쓰고 있다는 말에 그들은 내 이름을 물었고, 나는 그러기에는 아직 부끄러운 글을 쓰고 있다며 겸손한 척했다. 어느 정도 술에 취하고 나서야 은혜에게 전화해야 하는 걸 깜빡했다는 생각이 들었다.

"목소리가 왜 그래? 또 술 마셨어? 이 시간에?"

"아니야. 그냥 좀 졸려서. 어제 잘 들어갔지?"

"내가 일어나자마자 전화하라고 했잖아."

"깜빡했어. 많이 피곤했나 봐. 우리 어디서 볼까?"

아마 글자 하나 틀리지 않고 정확히 이런 대화를 나눴을 것이다. 졸려서라고 하기에 내 목소리는 지나치게 고양되어 있었다. 사과하는 게 옳았다. 분위기를 바꾸기 위해 다급하게 어디서 볼지부터 물었던 것도 패착이었다.

그녀는 더는 안 되겠다며, 헤어지자고 했다. 두 번째 이별 통보였다. 시인이 이별하기에는 너무도 아름다운 날씨였다. 나는 방금 여자친구와 헤어진 사람이라고는 볼 수 없이 멀쩡하게 술자리로 돌아갔다. 처음 보는 사람들과 어깨동무를 한 채 사람이 꽃보다 아름답다는 노래를 고래고래 소리치며 불렀고, 마광수 교수에 대해 침을 튀기며 토론하기도 했다.

그리고 다시 해가 질 무렵 은혜에게 전화를 걸었다. 그녀는 전화를 받지 않았다. 다음날에도, 그다음날에도 마찬가지였다. 우리는 그렇게 헤어졌다.

본격적으로 시를 쓴답시고 두 학기 연속 휴학을 했다. 전보다 나아진 점은 술을 마시지 않고도 시를 쓸 수 있게 됐다는 것이었다. 매일 출퇴근하듯 동네 도서관을 오가며 시를 썼다. 전야제, 고작 돈 때문에, 산고, 소돔 in Seoul, 현자에게, 우주적 고독, 나의 행성, 이십일세기, 암자에서, 유언, 제목부터 우울한 시들을 매일 쓰고 고쳤다.

요즘처럼 이메일이 일상이 되기 전이었다. 손으로 쓰는 편지처럼 이메일도 기승전결을 갖추어 쓰던 시절이다. 도서관 멀티미디어실에 앉아 프리챌 카페에 새로 올라온 글을 보려던 참이었다. 제목이 영어로 된 이메일 한 통이 왔다. 스팸인 줄 알았다. 읽지도 않고 지우려는데 발신자 아이디가 어딘가 낯익었다. "Gracepak", 은혜가 쓴 메일이었다.

처음부터 끝까지 영어로 쓴 것을 보니 영어가 많이 늘긴 늘었다. 운 좋게 기숙사에 들어갔다는 얘기부터 학교 수영장 시설 자랑, 주말마다 미국 친구들과 여행을 떠난다는 자랑으로 이어졌다. 몰락한 집안의 외동아들 시점에서 곱게 독해할 수 없는 얘기들이었다. 그러면서 가끔 내 생각이 난다는 얘기로 장문의 메일이 끝났다.

답장할 생각은 없었다. 비로소 내가 처한 상황을 객관적으로 파악한 이후여서 이제 그녀처럼 정상 궤도를 달리는 사람과 교제할 수 없다는 걸 잘 알아서였다. 그러다가 며칠 뒤 내가 쓴 시와 함께 우리가 같이 가던 식당과 친하게 지내던 교수 얘기, 학교 건물 개보수에 관한 얘기를 담아 답장을 했다. 순전히 술기운 때문이었다.

다음날 그녀에게 답장이 왔다. 내가 바로 답장을 보내지 않기에 이제 편하게 연락할 사이가 아니구나 싶었단다. 내 시가 감동적이었다며, 예전처럼 날카롭기만 한 게 아니라 많은 생각을 하게 만들었다고 했다. 그러면서 내가 구구절절하게 적은 우리의 추억을 언급하며, "함께 뉴욕에 있으면 오빠도 좋은 시상이 많이 떠올랐을 텐데 아쉽다는 생각을 한 적이 있다", "가끔 오빠 생각을 하곤 한다"는 내용으로 마쳤다. 내게 여지를 준 것이었다.

한국에 오면 술이나 한잔하자고 곧바로 답장했다. 그러자 그녀는 술버릇 안 좋은 사람하고는 같이 안 마신다며, 차를 마시거나 밥을 먹는 건 괜찮다고 했다. 그때부터는 형식을 갖추지 않고 편하게 메일을 주고받았다. 그러다 시간이 흘러 그녀가 귀국했고, 우리는 다시 예전처럼 만나게 되었다. 미국물을 먹고 와서 그런지 스타일이 더욱 좋아졌다.

은혜는 키가 작지만, 팔다리가 긴데다가 머리가 작고 날씬했다. 나는 그새 백수에 어울리는 꼴이 되었다. 그녀는 내 말총머리를 보자마자 이대 앞에 있는 미용실로 데려가 단정하게 깎게 했다. 어학연수 가기 전에도 그녀는 종종 자신의 단골 미용실에 나를 맡기곤 했다. 그렇게 그리웠다는 미고 조각 케이크를 함께 먹은 뒤 종로에 가서 보쌈에 소주를 마셨다. 원래 생맥주만 고집하던 그녀가 소주를 털어 넣는 모습이 의외였다.

서로 헤어져 지내던 1년이라는 공백이 무색하게, 함께 복학한 우리는 늘 붙어 다녔다. 그녀는 전보다 열심히 공부했고, 나도 열심히 시를 썼다. 어쩌다 보니 그녀는 중앙일간지의 기자가 됐고, 나는 몇 달 뒤 방송국에서 일을 시작했다. 내 시가 시대보다 앞서 있다며,

시는 좋은 때가 왔을 때 써도 되지 않느냐던, 대학원은 직장에 들어가서 회삿돈으로 다니는 게 낫다던 그녀의 성화가 없었으면, 무얼 하고 살았을까.

서른이 될 무렵, 그녀가 먼저 결혼 얘기를 꺼냈다. 나는 비로소 몇 년 동안 애써 숨겼던 집안 사정을 털어놓았다. 은혜는 대충 알고 있었다며, 그게 무슨 상관이냐는 반응을 보였다. 나를 못마땅한 눈으로 쳐다보는 장인, 명문대를 나와 누구나 아는 직장에 다니는 번듯한 사위를 얻었다며 환대하던 장모와 가족이 되었다.

함께 산 십여 년이 순탄하지만은 않았지만, 서로를 이해해 주려고 노력한 편이었다고 생각했다. 하지만 우리는 지난해 이혼했다. 그녀는 나를 감당하는 게 힘에 부쳤다고 했다. 멀쩡히 다니던 방송국에서 촬영감독까지 오르더니 별안간 그만두고 프로덕션을 차렸고, 그마저 일 년 만에 그만두고 프리랜서를 한다더니, 일은 안 하고 놀기만 하면서 드론 산다고 돈을 써대는 건 남편의 도리가 아니라고 했다.

나는 방송국에서 더는 버틸 수가 없다고 항변했다. 외주 프리랜서에게 현금 대신 상품권으로 임금을 지급하는 곳, 사람부터 시작해 조직과 환경, 시스템 모두 폭력으로 점철된 곳에서 일하는 건 양심이 허락하지 않는다고 목소리를 높였다. 그녀는 언론사도 마찬가지라고, 자기도 그만둬야 하느냐고 물었고, 나는 그건 네 양심에 물으라고 대답했다. 그리고 이혼 통보를 받았다.

그녀의 뺨을 때린 일은 지금도 후회하고 있다. 그녀가 내게 물리적으로 상대가 되지 않는다는 걸 뻔히 알았기에 가능했던, 비겁한 행동이었다. 고등학교에서 보낸 3년 중 가장 기억에 남는 것이 내가 당한 폭력이란 걸 생각하면, 그녀에게 평생 기억될 악몽을 선사한 것이었다.

나는 과학고등학교에 떨어진 뒤 일반고에 들어갔다. 3년 내내 반장을 했다. 최악이었던 신설 중학교와 달리 제법 명문이어서 애들 질도 좋았다. 그럼에도 요즘 말로 일진이 있었는데, 준구는 그들 무리의 리더였다. 반장 아들을 둔 우리 어머니는 학부모총회에 빠지지 않고 참석해야 했다. 교사들은 물론 다른 어머니들과도 친해진 어머니 덕분에 우리 반 애들 부모가 무슨 일을 하는지 훤히 알 수 있었다.

아버지가 중견 건설사 사장이었던 준구는 약한 애들을 주먹으로 때리기만 하는 게 아니라 온갖 지능적인 수법으로 괴롭혔다. 싸움 못 하는 애들끼리 붙여 놓고 판돈을 거는 일은 예사였다. 내내 참고 넘어갔지만, 심장병이 있던 훈민이를 다미선교회* 신자라는 이유로 심하게 괴롭히는 건 두고 볼 수 없었다. 중학교 시절, 상태의 기억이 떠올랐기 때문이었다.

라이터로 만든 전기충격기를 훈민이의 가슴에 튕기며 심장이 언

---

* 90년대 초, 세계의 종말과 휴거가 일어난다며 시한부 종말론을 주장하던 사이비 종교 단체

제 멈추냐고 온종일 고문하더니 걔네 부모님을 모독하는 얘기까지 이어갔다. 참을 수 없어서 그만하라고 소리를 쳤다. 중학교 이후로 성장이 멈춘 나보다 훨씬 덩치가 좋았던 녀석은 비웃기만 할 뿐 바로 덤비지는 않았다. 다행이라고 생각하며 공부를 이어갔다.

야간 자율학습 시간에 갑자기 눈앞이 번쩍했다. 녀석이 마포 걸레를 부러뜨린 뒤 막대로 내 머리를 가격한 것이었다. 기습이었다. 순간 몸에 힘이 빠지며 기절했다. 뇌진탕이었다. 녀석은 쓰러진 내 몸 위에 침을 뱉고 욕지거리를 이어갔다고 한다.

잠시 뒤 정신을 차렸다. 십 대 사내의 쓸데없는 자존심 때문에 병원에도 가지 않았다. 어머니에게 학교에서 맞고 왔다는 말은 할 수 없었다. 복수할 생각도 했지만, 녀석을 그야말로 죽여버리지 않는 이상, 복수가 또 다른 복수를 나을 것이었다. 복수보다는 깔끔한 생활기록부를 받아 대학에 진학하는 게 내게 더 중요했다. 지금까지도 그때의 치욕은 트라우마로 남아 있다.

상태 어머니는 아이를 왜 일반 학교에 보냈을까? 진작 특수학교로 보내는 게 낫지 않았을까? 녀석에게 어떻게 복수할지 고민하면서 함께 머릿속을 맴돌던 질문이었다. 결국 내게 "무사히 졸업할 수 있도록 잘 부탁한다"라고 했던 상태 어머니의 말에 답이 있었다. 그를 수용할 수 없던 학교가, 선생이, 우리가 문제였다.

***

　미다스가 이끌던 리카온 무리 상당수가 사자의 앞발에 맞고 불구가 되거나 송곳니에 물려 죽었다. 그럼에도 미다스는 무리를 다른 곳으로 이끌지 않았다. 자신의 판단이 틀렸다는 것을 자인하고 싶지 않아서였다. 그에게는 자신의 권력을 유지하겠다는 욕망이 가장 컸다. 이를 위한 그의 통치 방법은 잔혹했다.

　사자는 이후로도 눈엣가시 같은 리카온 무리의 영역에 쳐들어왔다. 사냥감을 약탈해 가는 것은 기본이고, 때로는 리카온을 사냥감으로 선택하기도 했다. 수사자들이 천성적으로 게으르지만 않았어도 리카온 무리는 씨가 말랐을 것이다. 맞설 엄두도 내지 못한 미다스 무리가 멀찌감치 도망치면 사자들은 잠시 무력시위를 벌이다 왜 왔는지도 까먹은 듯 그늘에서 꾸벅꾸벅 졸다가 다시 자신들의 구역으로 돌아갔다.

　리카온 무리를 위협했던 것은 사자 무리만은 아니었다. 엎친 데 덮친 격으로 미다스가 무리를 이끌고 가서 체취를 남겨 도발했던, 동쪽의 점박이하이에나 무리까지 나타났다. 지나던 길에 리카온의 먹이를 뺏기 위해 들른 수준이 아니었다. 이들은 리카온 무리를 철저히 응징하기 위해 찾아왔다.

　"우루힛! 우룻우룻! 이힛힛힛!"

　점박이하이에나의 우두머리가 부하들을 향해 공격 신호를 내렸다. 그러자 하이에나들이 공격 대형을 갖췄다. 무엇이든 분류하는 걸 좋아하는 인간의 눈에는 하이에나가 늑대에 가깝거나 갯과에 속한 동물로 보인다. 하지만 굳이 따지자면 개보다 고양이에 가까우며, 하이에나과라는 별도의 과로 분류된다. 하이에나와 리카온의 서로에 대한 적대감은 유전자 레벨에서 이미 결정되어 있다.

사자에게 줄초상을 당하며 사기가 꺾인데다가 머릿수마저 현저하게 줄어든 상태였다. 덩치가 훨씬 큰데다가 숫자까지 비슷한 점박이하이에나의 급습에 리카온 무리는 맞설 용기를 내지 못했다. 미다스는 꼬리마저 내린 채 살던 곳을 버려두고 후퇴했다. 수십 미터를 도망가며 전의가 없음을 표시했지만, 점박이하이에나는 추격을 멈추지 않았다. 기어이 피를 보고야 말겠다는 강한 의지의 표명이었다.

새끼 리카온 한두 마리를 내주는 선에서 끝날 줄 알았다. 하지만 점박이하이에나의 우두머리는 작정했다는 듯 미다스와 그의 친위대를 향한 공격을 멈추지 않았다. 백척간두에서 미다스가 내린 선택은 끔찍했고 최악이었다. 무리 중에서 장애를 입은 개체, 나이 들어 전투력을 상실한 개체를 그들에게 조공하듯 던져주었다.

야생에서 동물이 한 행위에 '야만'이라는 단어를 사용하는 건 적절하지 않겠으나, 평소 리카온의 습성을 고려한다면 "미다스의 행동은 실로 야만적이었다" 정도의 표현은 과하지 않다. 미다스는 제대로 뛰지 못하는 수컷 한 마리와 새끼들을 지키는 보모 역할을 했던 늙은 암컷 한 마리를 무리에서 밀어냈다. 리카온 두 마리를 전리품으로 얻고 나서야 점박이하이에나 무리의 공격이 멈추었다.

절박한 상황에서 미다스가 내린 결정은 리카온 무리 모두에게 놀라운 사건이었다. 리카온의 본능을 거스르는 행위였다는 점에서 더욱 그랬다. 무리의 미래를 이끌 새끼들은 물론이고, 병들거나 늙어 사냥에 나서지 못하는 성체라도 끝까지 책임지는 게, 날 때부터 죽을 때까지 집단생활을 이어가는 리카온의 절대 원칙이었다. 이를 믿기에 위험한 전투에서도 용감하게 몸을 던질 수 있었다.

이제 미다스 무리는 오로지 우두머리 눈치만 살피며 생활하게 됐다. 사냥에서 큰 공을 세우는 것보다 다치지 않는 게 중요해졌다. 하이에나와 사자가 언제 다시 자신들의 목숨을 노릴지 모르는 상황에서 버리는 카드로 낙인찍히지 않아야 했다. 그러려면 몸뚱이를 멀쩡하게 지켜야 했고, 보수적으로 행동해야 했다. 수십만 년 동안 리카온이 전사로서의 용맹함을 이어온 건 위험에 처한 동료를 그냥 두지 않는다는 정신이었다. 미다스는 그걸 퇴보시켰다.

미다스는 자신의 통치권을 지키기 위해 본능마저 이겨냈다. 그런 개체는 전과 다른 존재로 거듭난다. 후천적 돌연변이와도 같은 존재가 되는 것이다. 그처럼 본능을 극복한 이들의 행동은 세 부류로 나뉜다. 다른 개체의 본능을 이용하여 자신이 이득을 취하는 게 첫째다. 미다스가 그랬다. 다음으로는 다른 개체도 본능을 이겨내라고 강요하는 것이고, 마지막은 다른 개체의 본능을 있는 그대로 인정하는 것이다.

포유류는 어미의 배에서 나오면 젖을 찾고, 젖을 뗄 때가 되면 풀이나 고기를 찾는다. 부모 되기 교육을 받지 않아도 자신의 새끼를 위해 희생한다. 인간의 손에서 자란 고양이도 난생처음 보는 쥐를 향해 덤벼든다. 새들은 누가 시키지 않아도 스스로 알을 깨고 나온다. 갓 깨어난 새끼 거북이는 알아서 바다를 향해 기어간다. 거미는 공중에 집을 짓고, 두더지는 땅을 판다.

생명체는 대체로 자신의 본능이 이끄는 대로 산다. 본능에는 선과 악이 없다. 대체로 개체의 생존을 보장하고, 경쟁자를 이기며 번식에 성공해 종의 멸종을 막는 방향으로 설계되어 있다. 야생 리카온의 본능 중에는 영장류와 비슷한 사회성이 새겨져 있다. 이 본능이, 졸렬한 리더가 무리를 이끄는 걸 그대로 두지 않게 했다.

미다스의 공포정치는 오래 가지 않았다. 왕조의 2대 통치자였던 시저의 딸 트램프가 미다스에게 도전했다. 자신의 측근이자 젊은 수컷인 블랙코튼과 함께 이빨을 드러내며 위협했다. 미다스는 순순히 물러나지 않았다. 오히려 도전자를 강력하게 응징해서 자신이 건재함을 과시하는 기회로 삼고자 했다. 하지만 자신의 측근들마저 트램프 진영으로 발걸음을 옮기는 것을 보고는 이내 고개를 떨구고 말았다.

리카온 왕조의 아홉 번째 지도자가 된 트램프는 미다스를 극복하고 새로운 리더십을 확립하려고 했다. 대형 동물들이 모이는 잠베지강을 벗어나 러코메시강 근처에 새 터를 잡은 것이 그 시작이었다. 하이에나의 영역에서 서쪽으로 멀리 떨어진 곳이어서 안전했다. 이제 테이블에서 커맨더로 이어지던 왕조의 번영기가 다시 찾아올 듯했다. 하지만 마나풀스 리카온의 새로운 우두머리가 된 트램프와 그의 남편 블랙코튼은 평화를 원하지 않았다.

트램프 부부는 사냥에 나갔다가도 우룽웨나 차라라 지역에 기반을 두고 활동하는 다른 리카온 무리를 만나면 발작하듯 싸움을 걸었다. 피해망상증에 걸리기라도 한 것 같았다. 성과가 없는 것은 아니었다. 일곱 마리, 다섯 마리의 리카온 무리를 차례로 받아들여 세를 불리기는 했다. 문제는 그러면서 왕조의 미래를 맡길 새끼를 제대로 키우지 못했다는 것이었다.

우두머리 부부는 커맨더의 새끼 중 유일하게 살아남은 블루아이가 영 눈에 거슬렸다. 커맨더의 피를 물려받은 녀석이니만큼 훗날 자신의 새끼들에게 위협이 될 것이었다. 얼룩말이나 누처럼 제법 까다롭고 위험을 감수해야 하는 사냥에서 녀석을 여러 번 선두에 세웠지만, 꿋꿋이 살아남았다. 그러던 블루아이를 제거할 수 있는 절호의 기회가 트램프에게 찾아왔다.

임팔라를 사냥하느라 꽤 먼 곳까지 추격전을 펼친 때였다. 우기 때 잠베지강이 범람하며 생긴 큰 늪지대에서 트램프의 새끼 두 마리와 블루아이가 장난을 치고 있었다. 이제 어른들이 게워주는 죽은 고기 먹는 것을 거부하고, 신선한 고기를 찾아 사냥에 참여할 만큼 제법 몸이 자란 녀석들이었다. 그러기에 녀석들의 장난은 이제 실전 사냥과 비슷할 정도로 거칠었다.

남매의 협동 공격에 밀린 블루아이가 뒷걸음을 쳤다. 늪 안에 이들의 존재를 못마땅해하던 하마 가족이 있는 줄을 어린 녀석들은 알지 못했다. 성체 리카온은 새끼들에게 사냥할 수 있는 것과 없는 것, 리카온으로 살기 위해서 무엇을 조심해야 하는지를 교육한다. 리카온이 아니라 사자라도, 새끼와 함께 있는 아비 하마라면 근처에도 가지 말아야 한다.

하지만 트램프는 세 마리의 어린 리카온을 말리지 않았다. 블루아이의 발이 점점 늪 안으로 들어갔고, 그것이 자기 영역에 대해 세상 어느 동물보다 예민해서, 상대가 누구건 자신을 성가시게 만든다는 이유 하나로 죽여버리고야 마는 하마를 극도로 자극하고 있다는 것을 트램프는 잘 알고 있었다. 손 안 대고 코 풀 수 있는 절호의 기회였다.

커다란 하마가 물속으로 몸을 집어넣더니 조용히 블루아이에게 다가왔다. 트램프의 이이제이 전략이 성공하는 듯싶었다. 이어서 커다란 입을 쫙 벌린 하마가 잠수함처럼 수면 위로 부상했다. 엄청난 덩치 때문에 파도가 일었다. 블루아이는 물살에 밀려 순식간에 저만치 멀어졌다. 성난 하마의 눈에 들어온 것은 얼어붙은 리카온 남매였다.

순식간에 일어난 일이었다. 워낙 빠르게 몸이 두 동강 났기에 고통도 느끼지 못했을 것이다. 트램프는 자신의 새끼 두 마리가 하마에게 당하는 모습을 그저 지켜볼 수밖에 없었다. 그리고 지옥문 바로 앞에서 벗어난 블루아이를 직접 죽이고 싶은 충동에 사로잡혔다. 하지만 아무런 명분이 없이 그랬다가는 미다스의 전철을 밟는다는 걸 알았다.

트램프 부부는 피를 보는 대신 블루아이를 따돌려 무리에서 내쫓는 선으로 잠재적 위험을 제거했다. 앓던 이 하나를 뽑아냈지만 단단한 새 이를 얻는 건 힘든 일이었다. 몇 달 뒤 트램프는 새끼를 낳았지만, 치타, 개코원숭이, 표범에게 하나둘씩 잃었다. 이 년 동안 임신과 출산을 반복했지만, 단 한 마리도 살아남지 못했다.

이제 세력 확장을 위해 받아들인 다른 리카온 무리를 견제하는 게 트램프의 중요한 과업이 되었다. 남편과 형제들의 호위를 받으며 절대 권력을 누리고 있으면서도 언젠가 나타날지 모르는 도전자 때문에 늘 불안해했다. 그러니 임신하기도 쉽지 않았다. 마나풀스의 리카온 왕조는 위기 상태에 직면했다. 인근의 모든 리카온 무리를 흡수했지만, 이제 남은 스물두 마리가 전부다.

같은 먹이를 놓고 경쟁하는 사자와 하이에나의 위협이 없어도 리카온으로 살기란 힘겨운 일이 되었다. 건기와 우기가 반복되는 게 이 지역의 특징이지만 가뭄이 해가 갈수록 심해졌기 때문이다.

그보다 큰 위험은 그들 앞에 인간이 출몰하는 일이 잦아진다는 것이었다. 인간들은 댐을 건설하고, 발전소를 짓고, 관광 시설을 만들었다.

국립공원으로 지정되고 유네스코 세계유산이 되며 아프리카의 다른 지역에 비해 잘 보호되고 있다고 하지만 어디까지나 인간의 관점이다. 아직 보존된 야생을 구경하기 위해 이곳을 찾는 서구 관광객은 계속 늘고 있다. 다른 지역보다 그 수가 적다고 해서 야생동물에게 주는 피해도 적다고 할 수 없다.

사파리 투어에 나서는 관광객들은 기대했던 것과 달리 야생동물을 쉽게 볼 수 없다며 투덜거리곤 한다. 하지만 야생동물을 쉽게 볼 수 있다면 그곳은 이미 야생이 아니다. 인간이 다가오는 속도보다 더 빨리, 자동차의 엔진 소리가 들리지 않고, 총의 화약 냄새가 나지 않는 곳으로, 불빛이 보이지 않는 곳으로 달아나야 하는 게 야생동물이다.

야생동물은 적당히 산다. 적당한 물과 먹이만 있으면 더 바라지 않는다. 하지만 인간은 적당하다는 게 어디까지인지를 모른다. 그렇기에 인간은 동물보다 폭력적이다. 야생동물은 과시를 위해 사냥하지 않는다. 인간은 SNS에 올리기 위해 야생동물을 죽인다. 둘의 차이는 영원히 극복될 수 없다.

야생동물에 대한 인간의 태도는 이율배반적이다. 동물원에 가둬 놓은 맹수를 보며 TV에서 보는 것처럼 사납지 않다고 실망한다.

그러면서 아프리카의 야생동물 보호소까지 굳이 찾아가서는 인간의 손에 자라는 새끼 사자나 치타를 보며 착하다고 쓰다듬으며 사진을 찍는다.

리카온에 대한 인간의 태도 역시 그렇다. 인간에게 길든 개와 야생의 리카온은 전혀 다른 동물이다. 인간이 손가락으로 무언가를 가리키면 개는 그곳에 뭐가 있는지 고개를 돌리지만, 리카온은 손가락만 잠시 쳐다볼 뿐이다. 개와 인간은 눈을 마주치며 교감하지만, 리카온은 시선을 돌린다.

인간을 보고 꼬리를 살랑거리거나, 반갑다고 혹은 저리 가라고 짖으며 경고하는 건 이미 인간에게 길든 개들이 하는 일이다. 리카온은 인간에게 아무 관심이 없다. 빨리 비켜주기만 바랄 뿐이다. 인간은 그런 리카온을 두고 개처럼 행동하지 않는다며 실망하고 못생겼다는 이유로 죽인다.

마지막 기회

나는 카리바호가 세계 최대의 인공호수라는 사실을 몰랐다. 밀림 속에 지어진 호수 근처의 레스토랑에서 고등학교 동창 준구를 만날 줄은 꿈에도 몰랐다. 누가 봐도 동양인인 내가 자신을 빤히 쳐다보자, 눈을 피하지 않고 나를 응시하던 녀석이 놀란 표정을 지었다.

"어? 반장 맞지? 맞구나. 야, 어떻게 이런 곳에서 너를 다 만나냐?"

"그러게. 그렇게 보려고 했는데도 못 봤는데. 이렇게 보네."

"보려고 했다고? 나를?"

"그럼. 무척 보고 싶었지."

녀석은 무더운 날씨에도 흰색 와이셔츠에 감색 정장 차림이었다. 손목에는 번쩍이는 시계와 체인 팔찌를 찼다. 흰색 드레스를 입은 아내—로 추정되는, 젊어 보이게 꾸민 중년 여성—와 비서인가 싶은 젊은 남자, 현지 업체 대표 두 명과 함께였다. 녀석은 내게 자리를 내주지 않고 의자에 앉은 채 말을 이었다.

"그래. 방송국에 있다고 들은 것 같은데?"

"그랬지. 지금은 아니야."

"여기까지 무슨 일로?"

"촬영 때문에. 너는?"

준구는 간단하게 현재의 자신을 소개했다. 녀석은 카중굴라 대교 개통을 앞두고 보츠와나와 잠비아, 짐바브웨를 오가며 분주하게 지내고 있었다. 잠베지강을 가로지르는 커다란 다리가 개통됐다는 건 알고 있었다. 한국의 건설사가 시공을 맡았다는 것도 알고 있었다. 녀석이 그 회사의 임원이며 이 사업에 주요한 역할을 맡은 줄은 몰랐다.

"비즈니스의 연장선이지 뭐. 지금 좀 중요한 얘기 중이라……."

녀석이 말끝을 흐리며 이제 대화를 마치자는 눈빛을 보냈다. 인간의 본성이 절대 바뀌지 않는지는 모르겠지만, 적어도 상대를 마음대로 다루겠다는 그 눈빛은 고등학교 시절 그대로였다. 그 눈빛을 보자 오랜 시간 쌓여 있던 녀석에 대한 분노가 치밀어올랐다.

"그래? 그러면 내가 좀 기다려야 하나?"

"아니, 다음에 보자."

"아니야. 기다리지 뭐. 우리가 다음에 언제 또 보겠냐? 따로 약속 잡을 사이도 아니고."

내 말에 녀석이 살짝 당황한 기색을 보였다. 그럼에도 금세 차분한 표정으로 돌아가 미소를 유지하는 걸 보니 노련했다.

"인사해. 여기 내 와이프야. 이쪽은 내 일 돕는 친구고. 저 두 분은 보츠와나하고 잠비아의 건설회사 대표님. 저, 실례 좀 하겠습니다. 한국에서 온 반가운 친구를 만났네요. 같은 고등학교를 나왔거든요. 놀라운 일이죠? 저희 잠시만 얘기 나누고 올게요. 죄송합니다."

준구의 말에 현지 업체 두 사람은 내게 사람 좋은 미소를 보내며 얼마든지 기다릴 테니 편한 시간 보내라고 했다. 나도 옆에 있던 블랙에게 차 마시며 잠시만 기다려달라고 양해를 구했다. 블랙은 알았다며 창가에 자리를 잡았다. 준구를 따라 호수가 내려다보이는 식당 테라스로 갔다.

"야, 이 새끼야. 나이를 먹었으면 눈치도 챙겨야지. 중요한 얘기 중이었다니까?"

"그래. 나도 중요한 얘기를 하려고 그러는데?"

"씨발, 뭐. 맞다이 까자고?"

살벌하게 바뀐 표정. 녀석의 이 표정을 아내도 보았을까? 적어도 비서는 보았겠지. 이 척박한 땅에 와서 몇 년을 지냈다면서도 녀석의 피부는 매끈했고, 옷에도 주름 하나 없었다. 고등학교 졸업 이후 지금까지, 녀석은 내내 평탄하게 살았을 것이다.

"한국에서는 요즘 학폭 미투가 유행이래. 나도 유행에 동참해 볼까 싶기도 하고."

"뭐? 미친 새끼. 그게 언제 일인데. 아직도 어릴 때 있던 일을 붙들고 사냐? 한가하네. 부럽다."

"맞아. 나 한가해. 너는 바쁜가 보네. 더 바쁘게 만들어주고 싶어."

내 말에 준구는 웃음을 터뜨렸다. 그러고는 양복 안주머니에서 담배를 꺼내 입에 물고는 불을 붙였다.

"현실 감각이 없구나. 여전히."

"너야말로. 동창회에서 무슨 일이 있었는지도 모르는 거 같네."

"뭐? 아, 개나 소나 다 모이는 동창회? 야, 우리는 따로 모여. 동창회에서 감투라도 썼냐?"

"너 꽤 악질이었잖아. 동창회에서 너한테 당한 애들을 좀 모았어. 다들 네 얘기를 회사에 꼰지르자고 하더군. 그래도 나는 너를 직접 만나보고 결정하자고 했지. 그래서 한동안 너를 찾았던 거야. 여기서 볼 줄은 몰랐네. 사과할 생각도 없어 보이고."

녀석은 내 말을 듣고도 여유를 잃지 않았다. 말없이 담배 연기만 내뿜었다. 사실 내 말은 다 거짓말이었다. 혹시라도 녀석을 다시 볼까 봐 동창회에는 한 번도 나가지 않았다. 성인이 되어서도 녀석에게 어떻게 복수할까 생각한 적이 여러 번이었던 건 사실이다. 하지만 내가 한 발상은 실행에 옮기면 모두 범죄에 해당하는 것이었다.

어쩌면 천재일우의 기회가 찾아온 것일 수 있다고 생각했다. 그렇게 피하고 싶던 녀석을 하필 이 먼 나라에 와서 마주하게 되었을까. 어떻게 아는 체할 용기를 냈고, 단둘이 얘기할 기회를 얻게 되었을까.

구름 한 점 없이 맑은 날이었다. 호수에 반사된 햇빛이 눈에 들어와 어지러웠다. 잠시 눈을 감은 찰나 머릿속에 번개 치듯 떠오르는 생각이 있었다.

"말이 없네. 그러면 얘기 끝이군. 판단은 네 회사에 맡겨야지. 아버지께서 실망하시겠다. 아들 잘 키웠다고 좋아하고 계실 텐데. 요즘 인사청문회 보면 자식 때문에 곤욕을 치르는 분들 많더라. 안부 전해드려."

즉흥적인 도발이었다.

녀석이 콧방귀를 끼며 무시했다면 아무 일도 일어나지 않았을 것이고 나도 나름 만족했을 것이다. 지난 오랜 시간 동안 꿈속에서까지 나를 괴롭혔던 녀석과 마주해 당당하게 대화를 했다는 것, 녀석에게 뭔가 성가신 고민을 선사했다는 것만으로도 내 트라우마가 어느 정도 해소됐을 것이다.

"뭔데? 원하는 게 뭔데, 이 새꺄!"

별생각 없이 던진 미끼를 녀석이 덥석 물 줄은 예상치 못했다. 나는 녀석에게 담배 하나를 달라고 했다.

블랙과 카리바호 근처에 있는 롯지에 도착했다. 우리보다 먼저 숙소에 도착한 요시다가 바비큐를 준비하고 있었다. 혼자 리빙스턴 지역을 구경하던 그는 블루아이를 발견하고 송신기를 다는 것까지 성공했다는 얘기를 듣자 잠비아에서 곧바로 돌아왔다.

고기가 익기도 전에 이미 몇 순배를 돌았다. 얼굴이 벌게진 요시다가 잘 익은 고기를 채소 위에 얹더니 쌈장을 듬뿍 찍은 생마늘까지 올려 한입에 넣었다. 한국인과 다를 바 없는 쌈 솜씨에 놀라니, 요시다는 자신이 '참 한국인'이라며 어깨를 으쓱거렸다. 나는 그에게 한국의 카메라맨과 편집자들은 일본 제품을 쓸 수밖에 없어서 '참왜'라는 별명이 붙었다고 말해주었다. 우리 둘이 웃음을 터뜨리자 블랙이 어리둥절했다.

"미스터리, 뭐가 그렇게 재미있어? 영어로 해. 나도 같이 웃게."

"아니, 이게……. '코리안멜론'하고 '리얼잽'이 한국어 발음으로 비슷한 게 유머인데. 영어로 설명하면 안 웃겨."

블랙은 자기도 한국어를 배울 걸 그랬다며 툴툴거렸다. 한류 드라마의 인기로 인해 짐바브웨의 대학에서도 한국어를 가르치는 과정이 개설되었단다.

밤하늘에 별이 유난히 많고 밝은 밤이었다. 거나하게 술에 취했는데도 연신 건배를 외치다가 뭔가 이상한 느낌이 들었다. 불과 몇 걸음 떨어지지 않은 곳에서 나를 뚫어져라 쳐다보는 작은 하이에나가 보였다.

"하, 하이에나다!"

겁에 질려 온몸이 얼어붙었다. 내가 내지른 소리에 요시다와 블랙까지 깜짝 놀랐다. 하이에나 녀석도 주춤하더니 한걸음 물러섰다. 블랙이 녀석을 유심히 살펴보더니 웃음을 터뜨렸다.

"에이, 미스터리. 괜찮아. 저거 그냥 강아지랑 똑같은 놈이야."

"뭐라고? 하이에나가?"

알고 보니 녀석은 하이에나와 비슷하게 생겼고, 하이에나과에 속하기는 하지만, 주로 곤충을 먹는 땅늑대란다. 하이에나와 달리 야행성이며 하룻밤에 흰개미 수십만 마리를 먹는다. 녀석은 고개를 갸웃거리며 우리를 쳐다보다가 블랙이 빈 맥주캔을 던지며 위협하자 멀리 도망가 버렸다. 블랙이 짓궂은 표정으로 내게 손가락질하며 말했다.

"TIA! 미스터리, 오줌 지린 거 아니지?"

"사…… 살짝?"

"하하하, 그러면 지린 기념으로 건배!"

우리 셋의 술자리와 이야기는 끊이지 않았다. 마음에 맞는 사람끼리 따로 멀리 여행 온 기분이었다. 주어진 사흘 동안 내내 카리바 호 롯지에 머물 생각이었다. 하지만 그날 늦게까지 술을 마시고는 다음날 아침에 곧바로 수도 하라레로 올라가야 했다.

중국인 스태프들이 철수를 마친 호텔은 조용했다. 각자 시간을 보내던 한국인 스태프가 모두 모였다. 진 PD는 촬영 재개 여부가 내일 결정되니 오늘부터는 멀리 외출하지 말고 숙소에 있자고 했다. 다 큰 어른들이라고 해도 회사 밖에서 모이면 수학여행 가는 중고생과 비슷하다. 통제하는 사람이 필요하며, 완벽한 통제가 불가능하다는 점에서 그렇다.

"미스터리, 제니가 꼭 오라는데?"

"제니? 아, 지연 씨? 또 왜?"

"몰라. 난 분명히 전달했다?"

지루함을 달래려면 술과 수다가 필요했다.

방 두 개를 붙인 큰 객실에 스태프 전체가 모였다. 둘 다 전날 밤 충분히 즐긴 것이기에 내 방에서 한갓지게 쉬려고 했는데, 지연 씨가 가만두지 않았다. 블랙의 말에도 내가 꼼짝하지 않자 직접 내 방으로 찾아왔다. 별수 없이 그 방으로 끌려갔다.

외국 호텔에 단체로 간 한국인이 흔히 그러듯 침대를 벽에 밀어두고 동그랗게 원을 만들어 바닥에 앉아 있었다. 곳곳에 맥주와 과자가 널브러져 있었고, 그새 얼굴이 불콰해진 진 PD가 한참 얘기 중이었다.

"내가 그놈 위선자라고 말했잖아. 그럴 줄 알았다니까. 진짜 대단하다. 아니, 연출해 본 경력이나 있는 건 맞아? 사기꾼이나 양아치 아니야?"

무슨 일인가 싶었다. 알고 보니 리웨 총감독이 코뿔소 코를 밀반출하려다가 적발되었다는 소문이 퍼졌다. 중국에서는 귀한 약재로 쓰인단다.

방에는 한국 스태프 외에도 세 명이 더 있었다. 요시다와 블랙, 그리고 싱단단이었다. 열화상카메라를 담당하던 싱단단은 중국에서 유일한 프리랜서였는데, 촬영이 재개되면 우리 방송사와 계약하기로 했단다. 호텔에 갇혀 지낸 이틀 동안 그와도 친해지게 됐다.

고등학교 2학년 때 교환학생으로 베이징에 가서 머무른 적이 있다. 장관 출신이었던 우리 학교 이사장이 한중 수교와 관련이 있어서 성사된 일이었다. 166 고등학교에 다니던 동갑내기 두 명의 집에 차례로 머물렀다. 한 명은 전형적인 한족이었고 다른 한 명은 소수민족이었는데, 그의 이름 역시 단단이었다. 곱슬머리와 진한 눈썹, 작은 눈이 싱단단과 놀랍도록 닮았다.

한족 친구는 아버지가 당 간부여서 고급 아파트에 살았다. 그의 PC는 내 것보다 신형이었고, TV에서 위성방송이 나왔다. 학교 수업을 마치면 함께 전취덕 같은 유명한 맛집에서 저녁을 먹은 뒤 유흥가에서 술을 마셨다. 마무리는 지금으로 치자면 단란주점인 가라오케였다. 한국에 온 그를 갤러리아 백화점에 데려갔더니 나이키 매장에서 농구화를 싹쓸이했다.

단단의 집은 허름하고 어두웠다. 그의 집에는 자가용이 없어서 버스를 타고 통학했다. 만원 버스에 담배 연기가 가득했던 기억이 난다. 수업이 끝나면 길거리 음식을 손에 든 채 왕푸징 시장 이곳저곳을 구경했고, 단단의 동네로 돌아와 허름한 슈퍼마켓 같은 곳에서 술을 마셨다. 가로등도 없어 위험한 곳이었는데, 그게 참 운치가 있었다. 그와 먹었던 커다란 칭다오 맥주의 맛은 지금도 잊지 못한다. 어른이 되어 칭다오 맥주 축제에 찾아갔지만, 그 맛이 아니었다.

베이징에서 단단이란 친구와 지낸 얘기를 들려주니 싱단단은 어쩐지 나를 처음 봤을 때 어디서 본 사람 같았다고 맞장구쳤다. 논리적으로 전혀 맞지 않은 얘기인데도 우리는 갑자기 의기투합했다. 짐바브웨에서도 중국 고량주와 칭다오는 쉽게 구할 수 있었다. 함께 중국 술을 마시며 피차 서투른 영어로 얘기를 나눴다.

혀가 꼬인 채로 싱단단은 이번 촬영에 중국의 숨은 의도가 있을 것이라는 자신의 견해를 들려주었다. 중국은 짐바브웨의 독재 정권을 지원한 전력이 있으며 현재도 최대 투자국이다. 100조가 넘는 차이나머니를 들여 인프라를 건설했다. 짐바브웨에 진출하는 중국인 숫자도 늘어나고 있다. 그는 이번 촬영도 일대일로 프로젝트와 관련이 있을 것이라고 짐작했다.

중국인 사업가들의 임금 체납이 심각하고, 현지인 대신 중국 인부를 채용하며 지역사회와 갈등을 자주 일으켜 중국인에 대한 민심이 좋지 않은 상황에서 긍정적인 이미지를 형성하기 위한 프로파간다의 일환이라는 게 그의 의심이었다. 리웨의 지시를 받고 중국 회사가 시공을 맡은 건설 현장에서 일하는 현지인 노동자, 중국어를 배우는 대학생 인터뷰를 촬영하고 온 팀이 있다는 게 증거였다. 고개를 끄덕일 수밖에 없었다.

약속의 날이 밝았다. 사흘 동안 투자처를 확보하지 못한 상황이라면 곧 짐을 꾸려 공항으로 가야 했다. 그동안 종승이 형에게서 아무런 연락도 없었다. 사람 일은 모른다는 게, 촬영에 대한 의욕이 전

허 없던 내가 촬영 재개를 가장 기대하는 사람이 되었다. 블루아이라는 리카온의 목에 송신기를 단 순간부터 그랬다.

아침 햇살 때문에 잠에서 깨어 침대에서 일어났다. 다행히 옆에 아무도 없었다. 지난밤 일이 꿈결 같다. 블랙과 요시다에 이어 싱단단도 우리 패거리에 합류해 리카온의 역사와 함께 블루아이에 관해 이야기를 나눴다. 언어도 국가도 다른 네 명이 떠듬떠듬 영어로 얘기하고 있다 보니 목소리가 컸다. 한국 스태프들 눈치가 보여 내 방으로 자리를 옮겨 얘기를 이어갔다.

블랙이 아프리카 전통주로 칵테일을 만들어주었다. 마룰라 열매로 만든 술이라는데, 야생동물도 그 달짝지근한 맛에 빠져 과음하다 비틀거리고 술주정을 부리는 일이 흔하단다. 도수도 높지 않아 얘기를 나누며 조금씩 홀짝이기에 좋았다.

아침 안개가 낀 걸 보니 맑은 날씨가 이어질 것 같았다. 씻고 나오니 종승이 형에게 전화가 왔다. KDC 인베스트먼트에서 제작비를 지원해 주기로 했다며, 갑자기 어떻게 된 일이냐고 내게 물었다. 잘 모르겠다고 시큰둥하게 대답하고 전화를 끊었다. 내 학창 시절의 트라우마와 바꿀 수는 없겠으나, 준구와의 재회를 통해 얻은 소득이 있다. 녀석에게 눌리지 않고 당당하게 맞선 결과, 녀석 회사 최대 주주의 투자를 끌어낸 것이다.

무리에 합류한 블루아이는 빠르게 적응했다. 홀로 떠돌던 외톨이 수컷, 남들과 다른 눈빛을 가진 수상한 청년을 받아준 자신들의 결정을 다이앤 부부는 후회하지 않았다. 아직 나이는 어려도 블루아이는 세 번째 서열에 걸맞은 타고난 전략가였고, 다이앤의 어린 새끼들에게는 훌륭한 스승이 되어주었다.

핏줄이 당긴다는 말은 인간 사회에서만 통용되는 것이 아니다. 다이앤은 마나풀스 리카온 왕조의 전성기를 이끌었던 위대한 지도자 중 하나인 빅썬의 장녀였다. 독립한 뒤 마나풀스 북서쪽에 있는 잠비아 루사카 지역의 블루 라군에 정착했던 그녀가 우두머리가 되어 자신의 조카를 무리에 합류시킨 것이다.

다이앤의 어린 새끼들이 사냥을 마치고 돌아온 어른들이 게워준 고기를 뜯어 먹고 있었다. 블루아이도 아이들 몫의 고기를 뱉어냈다. 다이앤의 새끼 중 사냥에 나선 초보 사냥꾼 녀석들은 이미 배가 부른 상태라 낮잠을 즐기고 있었다. 아직 돌이 되지 않은 녀석들에게는 사냥을 마치고 가장 먼저 식사를 시작하는 특권을 준다.

식사를 마친 어린 새끼들은 블루아이를 따라 사냥꾼답게 걷고 달리는 법을 배웠다. 발톱개구리를 상대로 사냥 실습까지 나섰다. 자신들을 가르치고 있는 푸른 눈의 시범 조교가 사실 피가 섞인 사촌이라는 사실은 꿈에도 모른 채, 한 입 거리도 안 되는 먹잇감을 놓고 진지한 표정으로 요리조리 뛰며 개구리를 괴롭혔다.

리카온이 사냥하는 시간은 주로 이른 아침이나 초저녁이다. 지금처럼 해가 높이 뜬 오후에는 주로 낮잠을 자며 쉰다. 그렇다고 모두가 쉴 수는 없다. 사자나 하이에나의 습격이 언제 있을지 모르기 때문에 돌아가며 경계 근무를 선다. 초병은 외부의 침입자를 감시하는 것 외에도 새끼들의 돌발행동을 통제하는 역할을 해야 한다. 호기심 때문에 굴에서 벗어나 덩치 큰 동물에게 다가가는 위험한 짓을 하는 경우가 많기 때문이다.

다이앤의 어린 새끼 중 막내딸 녀석이 두더지쥐를 발견하더니 호기심 어린 눈으로 뒤를 쫓았다. 본능이 시키는 일이었다. 굴 주변을 지키고 있던 초병은 식곤증 때문에 연신 하품을 하느라 새끼가 굴에서 탈출한 것을 보지 못했다. 졸음을 쫓으려고 기지개를 켠 뒤 다시 주변을 살피던 초병의 눈에 가장 마주하기 싫은 상대가 보였다. 점박이하이에나였다.

리카온의 일생에서 가장 중요한 일은 잊을 만하면 찾아와 목숨을 노리는 사자와 하이에나를 상대하는 것이다. 리카온이 서식처로 삼기에 좋은 곳 중에는 우범지대가 아닌 곳이 없다. 특히 사냥터가 겹치는 점박이하이에나와는 늘 마주치며 살아야 한다. 가족의 원수가 옆 동에 살고 있으니 동네를 떠나고 싶어도, 그러면 굶어 죽으니 악연을 끊지 못하는 게 리카온의 운명이다.

사냥을 갓 마쳤을 때 나타나 큰 덩치로 위협해 식사 거리를 약탈해 가는 사자와 하이에나는 리카온을 허탈하게 만든다. 그래도 먹이를 양보하기만 하면 다른 해는 끼치지 않으니 다행이다. 그들이 서식처로 직접 찾아온다는 건 전혀 다른 얘기다. 미다스 무리에게 찾아갔던 녀석들이 그랬듯, 기어이 피를 보고 말겠다는 의지의 표명이다.

　일촉즉발의 순간이었다. 초병의 신호에 낮잠을 자다 일어난 다이앤의 눈에 자신의 새끼가 점박이하이에나와 마주한 모습이 보였다. 새끼를 노려보는 커다란 우두머리 하이에나 뒤로 열 마리의 하이에나가 기괴한 소리를 내며 리카온 무리를 위협했다. 수사자도 도망갈 정도의 숫자와 덩치였다.

　한 번에 열 마리가 넘는 새끼를 낳기도 하는 게 리카온이지만, 단 한 마리라도 자식을 포기할 수 없는 게 어미의 심정이다. 다이앤은 즉시 뛰어가 둘의 사이를 떼어 놓고 싶었지만, 그게 오히려 상대를 자극할 수 있어서 이러지도 저러지도 못하고 있었다. 성체 리카온들이 안절부절못하고 있을 때 과감하게 하이에나 무리 앞에 나선 건 블루아이였다.

　그는 위험에 빠진, 자신이 특별히 아끼던 새끼는 본 척도 안 하고, 대뜸 우두머리 하이에나의 옆으로 향했다. 그러자 다른 하이에나들이 그를 둘러싸려고 둥글게 진영을 펼쳤다. 하이에나에게 둘러싸이고 버틸 수 있는 리카온은 없다. 블루아이는 포위되지 않기 위해 뒷걸음질 치다 말고 갑자기 우두머리 하이에나를 향해 이빨을 드러내며 선제공격을 시도했다.

덩치를 생각하면 가소로운 상대였지만, 최상위 포식자끼리의 싸움에서는 잠깐의 방심도 허용되지 않는다. 우두머리 하이에나는 블루아이를 향해 몸을 돌렸다. 그새 태어나서 처음으로 하이에나를, 그것도 제 어미보다 두어 배는 몸집이 큰 커다란 암컷 하이에나를 마주해 그대로 얼어붙었던 새끼 리카온이 정신을 차렸다.

다이앤은 막내딸을 다급하게 불러 자기 곁으로 오게 했다. 겁에 질려 떨고 있는 딸의 얼굴을 혀로 핥아 진정시켰다. 불은 일단 껐어도 이제부터가 문제였다. 나이 많은 암컷 리카온들이 어린 새끼들의 목을 물고 굴에서 벗어나 몸을 피하기 시작했지만, 곧 하이에나들이 무리 전체를 노리고 덤벼들 것이 뻔하기 때문이었다. 도망치는 것 외에 대안은 없었다.

잠깐 시간을 버는 데에는 성공했지만, 코앞에 닥친 위기를 벗어날 방법은 블루아이에게도 없었다. 둘러싸이지 않으려고 시도했던 선제공격이었지만 어림도 없었다. 오히려 우두머리 하이에나의 반격에 당할 뻔했다. 날카로운 이빨이 등에 난 털을 스치고 지나갔다. 아슬아슬하게 피하기는 했어도 이어지는 공격을 단 한 번이라도 허용한다면 곧바로 먹잇감이 될 것이다.

블루아이는 자신의 뒤를 내주지 않으려고 계속 원을 그리며 돌았다. 엉덩이나 다리에 하이에나의 이빨이 박히기 시작하면 곧 땅에 쓰러지게 될 것이다. 치웨강을 건너 점박이하이에나 여덟 마리와 맞선 상황에서도 살아남았지만, 그때는 운이 좋았다. 사피강에 있던 사자를 끌어들인 이이제이 전략이 통했다. 하지만 야생에서 요행이란 건 반복되지 않는다.

다이앤이 삐약 소리를 내며 신호를 보내기 시작했다. 그러자 리카온 무리가 다이앤 주위로 몰려왔다. 우두머리 리카온의 선택은 무리를 이끌고 도망치는 것이 아니라 블루아이를 구하기 위해 지원하는 것이었다. 리카온 무리는 두 패로 나뉘어 블루아이를 한 곳으로 몰아가던 하이에나의 양 측면을 저지하며 싸웠다. 갑작스러운 대형 변경에 하이에나 무리가 주춤했고, 그 틈에 블루아이는 리카온 무리의 뒤쪽으로 몸을 피할 수 있었다.

진형이 바뀌었다. 리카온과 하이에나 무리가 횡대로 서서 팽팽하게 맞선 모양새가 됐다. 하지만 숫자를 생각하면 맞섰다기보다는 찰나의 소강상태라고 보는 게 맞다. 새끼들을 물고 자리를 피한 녀석들을 제외하면 리카온과 하이에나의 일대일 대결이었다. 리카온이 싸움을 피하지 않고 계속 맞선다면 곧 대학살의 현장이 될 것이다.

야생에서 전투 중인 두 무리가 대타협을 이루는 과정은 인간과 다르다. 예를 들면 공격하는 쪽이 갑자기 심경의 변화를 일으켜서—혹은 아무 이유 없이도—심드렁해져 휙 돌아서기도 한다. 아니면 방어하는 쪽이 상대가 전투의지를 상실할 정도로 형편없이 줄행랑치고, 공격하는 쪽 역시 괜한 힘을 빼며 추격하고 싶지는 않아 멈추는 경우다.

다이앤은 하이에나 무리가 무엇을 원하는지 알고 싶었지만, 둘의 대화는 불가능했다. 미다스 시절에 그랬듯, 리카온과 하이에나가 먹이를 두고 다투는 경우라면 수적 열세에 놓인 쪽이 양보하며 끝나는 게 보통이다. 하지만 한쪽이 새끼를 지켜야 하는 경우라면 피를 봐야 끝나는 싸움이 된다. 여기에 서희가 거란을 상대로 부린 외교적 수완 같은 건 통하지 않는다.

잠시 숨을 고른 하이에나 쪽에서 공격을 재개했다. 살벌한 이빨을 내미는 그들의 공격에 리카온의 대형이 금새 흐트러졌다. 본능은 빨리 도망가라고 경고했지만, 리카온은 전사로서의 유대감 때문에 잠시나마 대형을 지켰다. 하지만 점박이하이에나의 공격에 정면으로 맞서는 것은 용기가 아니라 만용이다. 이내 다이앤 무리가 하얀 꼬리를 보이며 후퇴하기 시작했다.

퇴각을 시작한 다이앤 무리와 반대 방향으로 달리는 리카온 한 마리가 있었다. 블루아이였다. 아직 멀리 달아나지 못한 새끼들을 지키기 위해, 그는 단기필마로 적진을 휘저은 조자룡처럼 하이에나를 향해 달렸다. 고작 젊은 리카온 한 마리였지만, 갑작스러운 그의 습격에 점박이하이에나 무리는 당황했다.

어느 틈에 수컷 하이에나의 곁에 다가선 블루아이가 녀석의 꼬리와 엉덩이를 물었다. 그리고 다시 몸을 돌려 다른 녀석의 목덜미를 노렸다. 마치 양치기 개처럼, 덩치 큰 하이에나 사이를 이리저리 헤집는 움직임이 여간 재빠른 게 아니었지만, 하이에나들을 당황하게 만든 건 그의 기세였다. 제 몸의 몇 배가 되는 상대에게도 거품을 물고 덤벼드는 라텔처럼 블루아이는 겁을 상실한 듯 하이에나 무리를 휘저었다.

그렇다고 승산이 있는 것은 아니었다. 리카온 한 마리가 전세를 역전시킬 수 없다는 건 블루아이를 지켜보던 다른 리카온은 물론, 귀찮게 자기에게 덤벼들지 않기만 바라던 점박이하이에나들 모두 잘 알고 있었다. 일방적인 결과로 끝날 걸 아는 싸움에서 굳이 다치고 싶지 않았기에, 하이에나들은 블루아이를 피하며 소극적으로 움직였다.

이를 가만히 지켜보던 우두머리 하이에나는 기가 찼다. 부하들이 핏덩어리 같은 들개 한 마리에 우왕좌왕하는 한심한 모습을 지켜보다 직접 나섰다. 자신의 부하를 공격하고 있던 블루아이의 뒷다리를 노려 이빨을 내밀었다. 블루아이는 본능적으로 위협을 느끼고 뒷발로 겅충 뛰며 피했다. 하지만 이어진 우두머리 하이에나의 공격은 피할 수 없었다.

재차 블루아이의 목덜미를 노리고 들어간 우두머리 하이에나의 공격은 절반의 성공을 가져왔다. 목덜미는 아니지만, 귀를 단단히 물어버린 것이다. 블루아이가 안간힘을 쓰며 벗어나려고 낑낑거렸지만, 하이에나에게 물린 이상 벗어나는 건 불가능한 일이었다. 우두머리 하이에나는 블루아이의 숨통을 끊어야 직성이 풀릴 듯했다. 녀석이 턱을 거세게 좌우로 흔들자 블루아이의 귀에서 피가 흘렀다.

귀를 물어 뜯겼다는 건 제법 큰 부상이지만, 블루아이는 거친 움직임을 멈추지 않았다. 자신의 귀에서 나온 피에 얼굴과 푸른 눈동자가 붉게 물든 상태에서 우두머리 하이에나를 향해 반격을 가했다. 그 광기 어린 기세에 우두머리 하이에나조차 입에 물고 있던 블루아이의 시뻘건 귀 조각을 뱉어버리고 뒷걸음질 치기 시작했다.

광견병에 걸려 광폭해지지 않는 이상, 리카온이 하이에나에게 이토록 전투적인 모습을 보인 건 아프리카에서 발견된 적이 없다. 블루아이의 활약이 다른 리카온을 자극했다. 여전히 리카온이 이길 확률은 없는 싸움이지만 기세가 넘어왔다. 다이앤을 필두로 리카온들이 달려들자 아프리카의 갱스터인 점박이 하이에나들이 물러서기 시작했다.

후퇴하는 하이에나를 향해 계속 덤벼들 이유는 없다. 그들이 퇴각하는 건 괜한 피해를 보고 싶지 않아서지, 싸움에 질 것 같아서가 아니기 때문이다. 사냥감을 추격하듯 계속 뒤를 쫓아 상대를 자극한다면 하이에나들이 이내 사냥 모드로 돌변할 수 있다. 하이에나들이 완전히 돌아서자 다이앤 무리도 굴로 돌아왔다.

엄청난 소용돌이가 지나가고 다시 평화가 찾아왔다. 블루아이는 정확히 무슨 일이 벌어졌는지도 모르는 천진한 눈으로 굴에 돌아온 새끼 리카온, 죽음의 문턱에서 살아 돌아온 다이앤의 막내딸

을 혀로 핥아주었다. 새끼는 그런 블루아이를 발로 건드리며 함께
놀자고 칭얼거렸다.

원정 온 점박이하이에나를 상대로 새끼를 한 마리도 잃지 않았
다는 것은 대단한 전과였다. 다이앤은 자신의 새끼를 위해 용기를
낸 블루아이의 귀를 정성스럽게 핥아주었다. 여전히 피가 흐르고
있었다. 리카온 무리 중 다친 건 블루아이만이 아니었다. 배를 물린
수컷 한 마리의 부상은 심각한 수준은 아니었다. 가장 크게 다친 건
다이앤이었다.

일 년 뒤, 추어 지역의 리카온 무리는 스무 마리가 넘었다. 다이
앤의 장성한 딸들은 이미 독립한 터였다. 남은 이들을 이끄는 지도
자는 블루아이였다. 점박이하이에나와의 싸움에서 앞다리를 다쳐
절뚝이게 된 다이앤의 결정이었다. 나이도 어린데다 외부에서 온,
그것도 수컷 리카온이 우두머리가 되는 건 극히 드문 경우지만, 그
의 즉위를 반대하는 리카온은 없었다.

태어나자마자 가족을 모두 잃었던 블루아이에게 새로운 가족도
생겼다. 빅썬의 손녀이자 다이앤의 막내딸을 아내로 맞이하게 된
것이다. 블루아이가 이끄는 리카온 무리는 숫자가 많은 편은 아니
지만 단단했다. 영역을 맞대고 있는 사자가 침범한 적도 여러 번이
고, 하이에나와 다툰 적도 많았지만, 지금껏 꿋꿋하게 버텨왔다.

하지만 이들의 번영은 지속될 수 없었다. 이번에도 문제는 인간

이었다. 이들의 터전인 카오라바사호에는 남아프리카에서 가장 큰 수력발전소가 건설되어 있다. 여기서 내려가는 물이 잠베지강을 따라 하류에 있는 카리바호로 모여든다. 호수 근처에 병원과 성당이 들어서더니 사냥꾼마저 나타났다. 그들을 피해 도망친 맹수들이 리카온의 영역을 침범하는 일도 잦아졌다.

하루에 두어 차례 사냥하고, 어린 리카온들을 교육하고, 평소와 다름없는 일상이 이어졌지만, 블루아이는 내내 고민할 수밖에 없었다. 무리의 안전을 위해서 이제 더 안전한 곳으로 터를 옮겨야겠다는 생각이 떠나지 않았다.

추어 지역에 전염병이 퍼져 출입을 금지했음에도 밀렵꾼까지 들어오기 시작했다. 천둥 치는 소리와 지독한 화약 냄새가 끊이지 않았다. 리카온들이 총소리에 놀라 괴로워하는 모습을 지켜보던 블루아이는 이주 계획을 실행에 옮기기로 했다.

희망은 있는가

어느덧 촬영은 막바지에 접어들었다. 그러니 이제 이 땅에 적응할 만도 하지만, 세상에는 쉽게 적응할 수 없는 게 있다는 걸 알게 됐다.

먼저 날씨다. 건기가 이어지자 바람이 불 때마다 흙먼지가 온몸을 덮쳤다. 얼굴에 손을 댈 때마다 모래가 만져졌다. 굳은 눈곱이 피부를 뒤덮은 느낌이 들었다. 다음은 안전이다. 여전히 야생동물로부터 우리를 보호할 수 있는 건 레인저가 든 총 한 자루가 전부다.

먹을 것은 물론이고 카메라 렌즈까지 없어지는 일이 반복되어 촬영 팀에 비상이 걸리기도 했다. 지퍼와 똑딱단추까지 열어 우리 물건을 훔쳐 간 범인은 원숭이였다. 도난사고 예방을 위해 커다란 개를 베이스캠프인 야영장에 데려오기까지 했다.

뜨거운 햇볕, 건조한 모래바람, 원숭이 말고도 우리를 괴롭히는 건 많았다. 그중 최악인 건 체체파리였다. 윙윙거리며 거슬리는 소리를 내다가 성가시게 달라붙는 정도면 다행이다. 동물의 피를 빨아먹는 데다 치명적인 전염병까지 옮기는 무서운 놈들이다. 이놈들이 떼로 몰린 곳에는 사람은 물론 동물도 살 수 없다.

충원된 촬영진들은 사막 지역도 아닌데 우리가 낮에도 반팔 옷 대신 긴소매 옷을 입는 이유를 몰랐다. 여기까지 와서 살이 탈까 봐 유난을 떠는 건 줄 알고 의아해하기도 했다. 그러더니 반나절 만에 긴소매 옷을 찾기 시작했다. 우의로 몸을 칭칭 가린 채 땀을 뻘뻘 흘리는 편이 낫다는 이도 있었다.

체체파리는 코뿔소의 두꺼운 피부까지 뚫는다. 물리면 이내 피부가 붓는데, 가렵다고 긁다 보면 덧나기 일쑤다. 손으로 때려죽일 때는 모기와 다르게 "빠각"하는 소리가 난다. 현지인인 블랙에게 "대체 이 망할 놈의 체체파리를 어떻게 해야 하느냐, 현지인들만의 극복 노하우가 있느냐"고 묻자 그는 "TIA"를 외치더니 "그냥 참는다"라고 쿨하게 대답하며 웃었다.

이곳에 와서 러시안 암을 직접 잡게 될 줄은 꿈에도 생각하지 못했다. 한국에서 급파된 촬영진이 빨리 현지 장비에 적응하도록 도우라는 종승이 형의 지시 때문이었다. 러시안 암은 전차 포탑이 움직이는 원리를 적용한 커다란 카메라다. 차 지붕 위에 설치된 크레인을 컨트롤러로 세밀하게 조작하여 실감 나는 화면을 만드는, 한마디로 비싼 장비다.

"요시다 감독님, 이거 그냥 오디오는 후시로 딸까요?"

"안 됩니다. 한 번만 다시 가시죠."

야간 촬영분에 대한 모니터링이 한창이었다. 헤드폰을 빼며 진 PD가 뱉은 말에 요시다는 단호한 표정으로 고개를 저었다. 완벽주의자인 진 PD는 미소를 지으며 고개를 끄덕였다. 지연 씨가 이맛살을 찌푸린 이유는 전날 열화상카메라를 동원한 블루아이 무리의 야간 촬영에 오디오 문제가 있어서 다시 촬영해야 했기 때문이다. 싱단단과 함께 날밤을 새우며 찍은 분량이었다.

촬영 현장은 이전과 다른 분위기가 됐다. 나는 드론을 날리다 갑자기 러시안 암이며 다양한 카메라의 세팅까지 돕게 되어 며칠간 눈코 뜰 새 없이 바빴다. 나만 그렇게 된 것은 아니다. 다들 1인 2역은 기본이었다. 총괄을 맡게 된 진 PD는 가끔 정신이 나간 듯 보였고, 지연 씨는 야간 촬영을 마친 뒤에도 진행을 떠맡게 되었다. 인력이 부족했기 때문이다.

KDC 인베스트먼트의 지원을 받았으니 제작비가 풍족할 줄 알았던 건 착각이었다. 역시 방송국은 방송국이었다. 이가 없으면 잇몸으로 하라는 식이었다. 빠져나간 중국 스태프의 몫을 그대로 채울 만큼의 인력과 장비를 기대한 건 아니었지만 터무니없었다. 방송국에서는 "대기업이 동물 다큐멘터리에 투자했다는 사실이 보도자료로 배포되었고, 여기에 윗선에서도 기대가 크다"라는 얘기로 부담만 주었다.

실제 촬영할 수 있는 시간은 한 달이 조금 넘는 것에 불과했다. 다들 쪽잠을 자며 강행군을 이어갔다. 판만 크게 벌어졌을 뿐, 촬영

환경은 오히려 열악해졌다. 그럼에도 우리가 힘을 낼 수 있던 이유는 내가 종승이 형에게 장담했던 "BBC도 못 담은 그림"을 곧 찍을 수 있게 되었기 때문이다.

다행히 추가로 합류한 촬영팀은 예전에 나와도 얼굴을 익힌 베테랑 카메라맨들이었다. 반가운 선물도 가지고 왔다. 커피믹스였다. 나는 일과를 시작하기 전과 점심을 먹은 직후에는 반드시 커피를 마신다. 커피믹스가 다 떨어지자 꽤 난감한 터였다. 담배를 끊은 후로 카페인에 대한 의존이 더 커졌다.

오전 내내 이동을 마치고 그늘에서 헥헥거리며 쉬고 있는 블루아이 무리는 이틀 내에 트램프가 있는 마나풀스 지역에 도착할 것이다. GPS로 40여 킬로미터 떨어진 거리다. 조연출이 얼음물을 나누어주었다. 일 년 중 가장 추울 때라지만 수도 하라레에서나 해당하는 말이다. 밤이 되면 쌀쌀하긴 해도 대낮 태양 아래에 있으면 더웠다.

진 PD가 꽤 꼼꼼한 사람임은 함께 일하며 확인했지만, 촬영 현장에서 완벽함이라는 단어는 존재하지 않는다. 카메라, 음향, 조명은 물론 예측할 수 없는 피사체의 동선, 통제할 수 없는 자연환경까지, 모든 요건이 충족되는 때는 없다. 시간과 비용은 늘 한정적이라 적당한 선에서 타협해야 한다. 그 적정선이 어디까지이냐에 따라 완성도가 결정된다.

촬영을 재개하게 되자 현지 스태프들이 모여 회의를 했다. 팀을 두 개로 나누어 트램프와 블루아이를 각각 촬영하는 게 이상적이었지만 현실적으로 불가능했다. 마나풀스에서 일주일 동안 촬영하며 리카온 무리의 일상은 대충 담았으니, 블루아이에 초점을 맞추자는 쪽으로 결론이 났다. 트램프 쪽에는 스포츠 중계에서도 사용하는 일제 멀티포맷 카메라 한 대만 두기로 했다. 4K와 슈퍼 슬로우 모션까지 지원하는 똘똘한 녀석이다.

이후 블루아이의 역동적인 사냥 모습까지 촬영을 마쳤다. 리카온들은 영화 속 기마병처럼, 영양의 일종인 일런드를 한곳으로 몰았다. 그러자 이미 자리를 잡고 있던 블루아이와 그의 숙련된 사냥꾼들이 갑자기 나타나 덮쳤다. 이내 몸무게 오백 킬로그램이 넘는 거대한 일런드가 바닥에 고꾸라지며 먼지가 풀썩였다. 촬영하던 스태프들 사이에서 나온 감탄사가 오디오에 섞인 바람에 요시다가 살짝 짜증을 부렸을 정도로 놀라운 광경이었다.

리카온들이 쉬고 있을 때 가장 한가한 스태프는 나다. 헬리캠을 작동시킬 필요가 없기 때문이다. 그럴 때면 블랙과 함께 도란도란 얘기를 나누곤 했다. 이곳에 오기 전까지는 촬영 중에 잡담을 한 적은 거의 없었다. 나만 그런 것이 아니라 이쪽 계통에서 일하는 이들은 촬영이 끝나기 전까지 일에 관계되지 않은 얘기는 좀처럼 하지 않는다. 대신 연신 줄담배를 피운다.

"미스터리, 이제 촬영도 끝이 다가오네."

"그러게. 너와 저 블루아이를 만나지만 않았어도 아쉽지 않았을 텐데."

"나하고 약속한 거 기억하지? 다시 만나기로 한 거."

"당연하지."

블랙과 함께 할 시간도 이제 얼마 남지 않았다는 게 떠올라 서운했다. 요시다와 싱단단과도 친해졌지만, 동아시아권 사람끼리는 마음만 먹으면 얼마든지 만날 수 있다. 하지만 아프리카는 누군가 보고 싶다고 해서 쉽게 올 수 있는 곳이 아니다.

지금이 한창때인 블랙은 또래의 친구들과는 다른 꿈을 꾸고 있다. 다들 돈을 벌기 위해 이 나라를 떠났지만, 그의 관심은 야생동물과 그들이 먹을 물, 이와 연관된 물 안보에 있다. 댐, 전기, 환경, 쉽게 해결하고 타협할 수 없는 것에 마음을 두고 있으니 그의 인생은 앞으로도 고될 것이다. 툭하면 전기가 끊기는 낡은 집을 벗어나기도 힘들 것이다.

늘 긍정적이고 유쾌한 이 청년에게 도움을 주고 싶지만 내가 할 수 있는 일은 없었다. 솔직히는, 약간의 도움을 줄 수야 있겠지만 엄두가 나지 않는다는 게 적확한 표현이다. 대학에서 한국 근현대사를 배우며 민주주의 투쟁 현장에서 피를 흘린 청년들의 얘기를 접했을 때도 그랬다. 그때 그곳에 있었다면 나도 그런 용기를 냈을까? 스스로 물을 때마다 나는 단호하게 '아니다'라고 대답했다.

"언젠가는 우리도 한국처럼 선진국이 될 수 있겠지?"

"그럼. 너처럼 훌륭한 청년이 있으니까."

"이 나라를 한국처럼 만들 거야."

"꼭 그렇게 될 거야."

내 단호한 대답에 블랙이 하얀 이를 드러내며 활짝 웃었다. 하지만 내 속은 편치 않았다. 마음과 다른 얘기를 했기 때문이었다.

이 순수하고 열정적인 청년에게 밝은 미래가 올까? 이 가난한 나라에 희망이 있을까? 내 머릿속을 맴돌던 질문이다. 책으로 먼저 만난 짐바브웨는 산업화의 기반을 잘 갖췄고, 문맹률이 낮아서 앞날이 기대되는 국가였다. 하지만 직접 마주한 이곳의 정치 상황은 여전히 엉망이고, 국민은 찌들었다. 아이들은 길에서 동냥하고, 청년들은 호객하거나 약에 취해 있고, 노인들은 아사 직전이다.

광물이 풍부하고 농사지을 땅이 많으며 관광하기 좋은 국가란다. 하지만 그 광물을 품은 광산을 소유한 건 중국, 영국, 호주 회사다. 기후변화에 자연재해가 겹치자 옥수수 농사를 버리고 더 돈이 되는 담배 재배로 갈아탔다. 식량 공급 상황이 갈수록 안 좋아지고 있다. 농사지을 물은커녕 사람이 마실 물도 부족하다. 바가지요금과 불안한 치안, 백인에 이어 중국인을 비롯한 동양인으로 번지는 혐오 때문에 관광하기도 꺼려지는 나라가 됐다.

인간은 때로 서로 닮은 점에 열광하고, 때로는 서로의 다른 점에 광적으로 몰입한다. 후자에 힘이 실렸을 때 사회에 반동이 일어났다. 차이를 놓고 차별을 만들었다. 사람이 사람을 노예로 부렸다. 세계대전도 터졌다. 인류 역사는 서로 닮은 점을 찾고 공감하려는 사람과 서로 다른 점을 찾아 편을 가르려는 사람 간의 무한 투쟁이다.

한국인에게 짐바브웨는 생소한 국가다. 나 또한 그랬다. 하지만 37년간 이 나라의 총리와 대통령을 지낸 무가베와 북한 정권과의 관계를 알고 나니 다르게 다가왔다. 무장투쟁을 통해 짐바브웨의 독립 영웅이 된 무가베의 이력은 그가 좋아했던 김일성과 비슷했다. 집권 초기에 북한을 방문해 김일성을 만나 롤모델로 삼게 되면서 무가베는 다른 사람이 되었다.

그는 김일성의 통치 방식을 교과서로 삼아 짐바브웨를 독재국가로 만들었다. 자신의 반대파를 숙청하고, 언론을 탄압했다. 집권 초기에 그가 창설한 특수부대인 제5여단 역시 북한과 관계가 있다. 김일성에게 백 명이 넘는 군사교관과 무기를 지원받아 태권도를 비롯한 무술과 전투 기술을 익히게 했다. 이 제5여단이 2만 명이 넘는 사람을 죽였다. 구 쿠라 훈디 작전이었다.

작전이라는 이름이 붙었지만 사실 마타벨랜드에 살던 민간인에 대한 일방적인 학살이었다. 은데벨레족이 주로 거주하던 마타벨랜드에는 블랙의 친가와 외가도 살고 있었다. 1983년이 시작된 지 얼마 되지 않은 때였다. 당시 무가베는 쇼나족을, 응코모는 은데벨레족을 이끌던 지도자였다. 무가베의 반대파였던 응코모가 쿠데타 혐의로 체포되자 이곳 주민들이 들고일어났다.

대규모 시위가 이어지자 제5여단 군인들이 총칼을 들고 나타났다. 민간인들을 모아 놓고 산 채로 묻거나, 교회에 가둬 놓고 불을 질러 죽였다. 이들의 잔인함은 그들보다 3년 앞서 대한민국 광주에서 민간인을 학살했던 공수부대원과 비슷했다. 이들 역시 임산부를 죽이고, 어린 학생을 강간했으며, 유가족을 조롱하다 죽였다. 학살은 2년 동안 이어졌고, 식량 공급이 끊기자 굶어 죽는 이들이 넘쳐 났다. 블랙의 아버지는 밤중에 군인의 눈을 피해 도망쳐서 살아남았다. 부모가 성당에서 불에 타 숨진 뒤였다.

2019년 9월 6일, 무가베가 죽었다. 95세의 나이였다. 역사는 그를 아프리카에서 그나마 경제 상황이 좋던 짐바브웨를 최빈국으로 추락시켰고, 수많은 국민을 학살한 독재자로 평가했다. 중국과 일부 아프리카 국가는 그의 사망에 애도를 표했지만, 짐바브웨 국민은 기뻐했다. 블랙의 은데벨레족은 잔치를 벌였다.

블랙은 아버지 세대의 불행을 되풀이하고 싶지 않다고 했다. 자신의 몸에 마포카(은데벨레)인의 피가 흐른다며, 전투 민족인 줄루족의 후예임을 자랑스러워하는 그에게 "은데벨레족을 학살한 쇼나족역시 조금 거슬러 올라가면 다 한 핏줄일 텐데"라는 말 따위는 하지 않았다. 하긴, 자신들이 한민족이며 한 핏줄이라고 주장하는 내 조국 사람들도 여전히 편을 갈라 싸우고 있으니.

마나풀스에서의 촬영을 마치고 하라레의 호텔로 돌아왔다. 아직 걷기가 한창이지만 야생과는 달리 쾌적했다. 한국과 비교할 수는 없지만, 와이파이도 잘 터졌고 스파와 실외 수영장도 깨끗했다. 밥때가 되면 호텔 식당에 가거나 룸서비스로 밥을 먹었고, 찌든 냄새가 나던 옷도 모두 세탁했다. 섬유유연제 향기야말로 문명의 상징이었다.

홀가분한 마음이었지만 여운도 남았다. 앞으로 다시 볼 수 있을지 모를 리카온들의 모습이 어른거렸다. 나만 그랬던 건 아니었을 것이다. 죽을힘을 다해 만든 가편집본을 한국에 보냈으니, 이곳 편집팀은 이제 쾌적한 호텔에서 며칠 편히 쉬다 출국하면 그만이었다. 그럼에도 다들 영상 원본을 돌려보고 있었다.

나는 지루함을 달래기 위해 블랙, 요시다, 싱단단과 보드게임을 하며 시간을 보냈다. 이날도 한중일 3개국은 서로 자기네 나라가 더 살기 힘든 곳이라고 투닥거렸다. 이를 가만히 지켜보던 블랙이 그런 얘기는 이곳을 떠난 뒤에나 하라고 했다. 그 역시 농담으로 한 말이었지만 잠시 침묵이 흘렀다. 자기 또래 청년 중 상당수가 약물 중독자라고, 열 명 중 세 명이 에이즈 환자라고 했던 말이 떠올랐기 때문이었다.

아프리카에 대한 내 인식은 피상적 수준이었음을 인정해야 한다. 압도적인 대자연, 천혜의 자연환경, 태초의 신비, 지구 최후의 낙원인 줄 알았던 이곳은 동시에 세상의 끝이었다. 나는 한국을 피해 이곳에 왔다. 내가 태어나 사는 땅을 피해 달아날 자유와 기회가 있었기 때문이다. 이곳에서 태어난 사람들은, 세상의 끝에서 놓인 이들은, 이제 어디로 도망쳐야 하는가?

나는 죽을 때를 놓쳤다. 그저 아침에 눈이 떠져서, 일부러 참지 않는 이상 숨이 쉬어져서, 제세동기가 필요 없이 심장이 정상적으로 뛰어서, 그래서 살고 있었다. 이곳에 올 때는 아프리카의 대자연에서 죽는 상상을 했다. 이제는 죽고 싶지 않다.

짐바브웨 역시 욕망이라는 거대 괴수가 지배하는 곳이었다. 자유자재로 형태를 바꾸며 시간과 공간을 뛰어넘어 존재하는 이 괴수가 언제부터 존재했는지는 모른다. 선악과를 따먹는 순간 생긴 것인지, 아니면 경제라는 개념이 생기면서부터였는지, 농경의 시작이나 자본가의 등장부터였는지, 알 수가 없다. 괴수가 독재자의 모습으로 나타날 때 사람들에게 욕을 먹지만, 사실 욕하는 사람들도 저마다 괴수의 지배를 받고 있다.

나는 이제 괴수의 지배에서 완전히 벗어났는가? 알 수 없다. 괴수의 지배에서 벗어난 사람이라면, 진정한 자유를 얻고, 세속에서 초탈하여 아름답고 숭고한 삶을 살지 않을까? 내 모습을 보면 그렇지 않다. 다만, 그 이전으로 돌아가고 싶지 않다는 것만은 분명하다.

내가 살던 세상은 궤도를 전력으로 달려야 살아남는 곳이었다. 갈수록 높은 가속도가 필요했다. 그곳에서 나와보니 다른 세상도 마찬가지라는 것을 알게 됐다. 그곳에서 그대로 사는 사람들이 나는 그립지 않다. 그들에 대한 내 감정은 양면성을 띠고 있다. 지치지 않고 액셀러레이터를 밟는 힘이 부러운 한편, 왜 그렇게만 살아야만 하는지 애잔하기도 하다. 그렇게 살았던 내 과거에 대한 독한 회의도 있었다. 그때의 나를 마주하기 싫어서 나는 사람들을 떠났다.

은혜에 대한 내 감정 역시 마찬가지다. 대학 시절에 그녀는 꽤 진보적인 사람이었다. 서울 사람들 우습게 볼 정도로 돈깨나 있는 지방 유지 딸에게 진보라는 단어가 어울리나 싶었다. 합리적인 중도를 표방하던 나를 회색분자라며 거세게 몰아붙인 적이 한두 번이 아니었다. 그러더니 보수적인 언론사에 들어가 영혼을 바쳐 일했다.

결혼할 때 친정에서 지원받은 돈을 몇 년 만에 몽땅 갚는 수완을 지닌 여자였다. 방 두 칸짜리 전세로 시작한 신혼집은 아이가 생기지 않은 부부가 쓰기에는 지나치게 넓은 아파트로 바뀌었다. 몰락한 집안의 외동아들로서 아내에게 감사해야 할 일이겠지만 나는 그녀가 지나치게 재테크에, 그중에서도 부동산에 몰입하는 게 아니꼬웠다. 그런 건 천박한 사람들의 일이라고 생각했다.

고참 기자가 되자 은혜는 자신의 이름을 내건 칼럼도 연재했다. 섹스리스 부부를 다루며 노년에도 섹스가 필수라고 주장했고, 딩크족을 다루며 이제 출산과 육아는 선택의 문제라고 강조한 것도 있었다. 정작 우리 부부는 섹스리스였고, 그녀는 꽤 오랜 시간과 정성을 쏟아 임신을 시도했지만 결국 실패했다. 칼럼의 논조가 그녀의 진심인지 궁금했지만 끝내 묻지 않았다.

"아무튼 나는 한국이 가장 낫다는 것에 한 표. 어, 야레야레!"

위태롭게 놓여 있던 블록을 빼던 요시다가 기어이 탑을 무너뜨리고야 말았다. 사내들끼리 술 한잔 안 마시고 젠가 게임 따위에 열중할 줄은 몰랐다. 짐바브웨에 오기 전까지는, 식민 지배를 받던 나라가 선진국이 된 일이 얼마나 대단한 일인지 나는 몰랐다. 은혜와 결혼한 이후 내내 끼고 다녔던 결혼반지, 거기에 박힌 다이아몬드에 아프리카인의 피비린내가 숨어 있을 줄도 몰랐다.

***

블루아이는 자신의 무리를 이끌고 먼 길을 떠났다. 선두는 블루아이 부부가, 후미는 다이앤 부부가 맡았다. 앞다리 중 하나를 못 쓰게 됐지만, 다이앤은 무리에 방해가 되지 않도록 부지런히 걸었다. 블루아이 무리는 낮에는 걸으며 사냥을 했고, 밤에는 별을 이불 삼아 야지에서 잠들었다. 본래 떠돌이 생활을 하는 리카온에게는 별다른 일도 아니었다.

추어 지역을 벗어나 사피 지역에 들어설 때였다. 낯선 소리가 들렸지만, 하이에나를 포함한 다른 동물의 것이 아니었기에 다들 무시했다. 그러다가 갑자기 "퓨욱"하며 무엇인가 공기를 가르는 소리가 들렸다. 이내 선두에 있던 블루아이가 쓰러졌다. 예상 못 한 공격에 리카온 무리는 모두 놀라 우왕좌왕했다.

마취총에 맞아 쓰러진 블루아이에게 트럭에 타고 있던 인간 셋이 다가왔다. 그들은 블루아이의 목에 뭔가를 매달더니 사라졌다. 블루아이의 아내는 그의 얼굴과 이상한 줄이 매달린 목을 한참 핥아주었다. 그러자 기적처럼 블루아이가 눈을 떴다. 어지러운 듯 비틀거리더니 곧 정신을 차렸다. 몸에 다른 이상은 없었다. 한시름 놓은 리카온 무리가 다시 행군을 이어갔다.

한 번의 접촉 이후로도 인간들은 줄곧 그들을 따라왔다. 처음에는 귀찮고 신경 쓰였지만 별다른 피해를 주지 않으니 점차 무시하게 됐다. 다 자란 아프리카들소 크기의 트럭과 새처럼 하늘을 나는 물건에서 들리는 소리도 적응이 되었다. 블루아이는 가끔 밤하늘을 물끄러미 바라보곤 했다. 고향인 마나풀스의 냄새를 한껏 맡을 때는 추억에 잠기기라도 한 모습이었다.

며칠간 이어진 행군을 마감한 것은 블루아이가 이끄는 리카온이 트램프 무리와 마주쳤을 때였다. 블루아이는 그들을 단번에 알아봤지만, 트램프 무리는 블루아이를 알아볼 수 없었다. 야생에서는 같은 무리가 아닌 이상 외모만 보고 상대가 누구인지 파악할 수 없다. 하물며 오래도록 떨어져 있었다면 더욱 그렇다.

숫자도 비슷한 두 무리가 러코메시강 유역에서 맞닥뜨렸다. 인간처럼 말을 할 줄 모르기에, 두 무리는 이빨을 드러낸 채 서로를 견제했다. 무리끼리 마주쳤을 때 리카온은 서로 무시하거나 싸움을 벌인다. 블루아이가 무리에서 홀로 빠져나와 상대편 앞에 멈춰 섰다. 그러자 트램프도 그를 향해 다가왔다. 블루아이는 싸울 의사가 없음을 보였다.

트램프가 쿵쿵거리며 블루아이의 냄새를 맡기 시작했다. 얼마가 지났을까, 트램프가 갑자기 고개를 낮추며 꼬리를 뒤쪽으로 내밀었다. 공격하기 직전에 보이는 모습이다. 트램프가 블루아이를 알아본 것인지, 커맨더의 유일한 핏줄이어서 스스로 추방했던 과거까지 기억한 것인지는 알 수 없다. 분명한 건 트램프가 외부에서 온 이 리카온 무리를 환대할 생각이 없다는 것이었다.

블루아이는 뒷걸음질을 쳤다. 싸울 생각으로 이곳까지 온 것은 아니었다. 하지만 이곳에 정착하려면 상대를 어떻게든 극복해야 했다. 리카온에게는 그 방법이 평화적인지 피를 보는 것인지는 중요하지 않다. 목적이, 결과가 수단을 정당화하는 게 아프리카에 사는 동물들의 세계다. 무리의 지도자로서 블루아이는 결단해야 했다.

트램프의 남편 블랙코튼이 가세했다. 부부가 함께 적의를 보이자 블루아이는 일단 물러서기로 했다. 조금 시간이 걸리더라도 평화적으로 문제를 해결하고 싶었던 것이다. 다시 자신의 무리로 돌아간 블루아이는 바싹 말라버려 바닥이 보이는 강을 건너 우룽웨 지역으로 리카온을 이끌었다.

며칠의 시간이 지났다. 리카온 무리를 쫓던 인간의 수가 더 많아졌다. 블루아이와 그의 무리는 트램프 무리와 먼발치에서 여러 차례 스쳐 지나갔다. 그러면서 자연스럽게 가까워질지 모른다는 게 블루아이의 생각이었다. 하지만 트램프와 블랙코튼의 생각은 달랐다. 그들은 지금껏 우룽웨나 차라라 지역에서 수많은 리카온 무리를 몰아냈다. 이번에도 예외는 아니었다.

건기가 계속되어 잠베지강의 지류가 모두 마르자 수많은 초식동물이 본류로 찾아왔다. 이들을 노리는 사자와 하이에나에게는 집 앞마당에 공짜 뷔페식당이 생긴 것이나 마찬가지였다. 사건이 벌어진 것은 블루아이 무리가 투구뿔닭에 홍학까지 사냥한 직후였다. 사자에게 호되게 당한 새끼 코끼리 한 마리가 강가에서 비틀거리다 쓰러진 모습을 발견했다.

새끼라고 해도 코끼리인지라 먹을 수 있는 고기의 양이 많았다. 게다가 워낙 얻기 힘들어서 그렇지 꽤 맛있는 축에 속한다. 블루아이의 무리는 갑작스럽게 찾아온 행운에 침까지 질질 흘려가며 새끼 코끼리를 물어뜯었다. 아직 숨이 붙어 있던 코끼리가 울음소리를 냈다. 그 소리를 듣고 어미가 찾아올까 봐, 허겁지겁 식사를 이어가면서도, 리카온들은 주위를 살폈다.

잠시 뒤 그들 앞에 나타난 것은 코끼리 울음소리를 듣고 벌떼같이 찾아온 트램프 무리였다. 원수는 외나무다리에서 만난다고, 좀처럼 먹기 힘든 귀한 음식을 두고 두 무리가 맞붙게 되었다. 블루아이가 며칠간 공들였던 평화는 코끼리 고기 앞에서 물거품이 되어버렸다.

양쪽 진영에서 내는 울음소리 때문에 일대가 시끄러웠다. 곧 전투가 벌어질 것을 예상했는지 시체청소부인 루펠독수리가 몰려와 명당을 차지하고 관전을 시작했다.

트램프는 다른 리카온이 이곳에서 사냥하는 걸 눈 뜨고 지켜볼 수 없었다. 영역 동물의 본능이다. 블루아이 역시 자신들이 먼저 발견한 귀한 식사 거리를 양보할 수 없었다. 이 역시 포식자의 본능이다. 본능과 본능이 맞붙게 되었으니 선택지는 하나밖에 남지 않았다. 이제 울음소리마저 멎은 저 새끼 코끼리를 차지하는 쪽이 이 구역을 함께 가져가게 되는 상황이 되었다.

두 리카온 무리가 공격 대형을 갖추기 위해 이리저리 움직였다. 사냥이 됐건 싸움이 됐건, 본격적인 공격을 개시할 때까지 이들의 움직임은 산책에 나선 듯 한가롭다. 고양잇과 동물처럼 공격을 결심한 순간 표정부터 비장해지거나, 상대를 위협하기 위해 사나운 몸짓을 하고 소리를 내지도 않는다. 공격할 의사가 있기는 한 건지 심드렁해 보이기까지 한다. 그러다 상대의 빈틈을 노리고 별안간 달려드는 게 리카온의 특징이다.

트램프와 블루아이가 서로를 향해 터벅터벅 걸어가는 모습 역시 그러했다. 인간의 시각으로 볼 때는 강아지 두 마리가 서로의 냄새를 맡고 친해지기 위해 다가서는 것으로 보인다. 하지만 꼬리를 치켜든 두 리카온은 무리의 우두머리로서 일대일 대결을 펼치려는 것이었다. 리카온 무리의 싸움은 보통 집단 난투극이다. 패싸움이 아닌 일대일 대결, 그것도 다른 무리에 속한 녀석끼리의 결투는 성체 리카온의 세계에서는 흔히 볼 수 없는 풍경이다.

먼저 칼을 빼 든 건 역시 트램프였다. 고양잇과처럼 앞발을 이용한 공격이 없으니 이들의 싸움은 상대의 몸에서 밖으로 튀어나온 부분을 깨무는 단순한 방식이다. 트램프는 블루아이의 옆구리를 파고들며 체격의 우위로 그를 밀쳐냈다. 그리고 몸을 돌려 블루아이의 꼬리를 노렸다.

블루아이 역시 같은 방향으로 빙글 돌며 트램프의 이빨을 피했다. 둘은 꼬리잡기하듯 상대의 뒤를 노리며 빠르게 돌았다. 양쪽 진영에서 대기하던 리카온들이 발을 들었나 내려놨다 하며 불안하게 움직였다. 일대일 대결을 지켜보는 것보다는 싸움에 끼어드는 게 이들의 본능에 어울리는 행동이다.

전성기를 넘겼다고는 해도 트램프의 몸집은 블루아이보다 훨씬 컸고, 젊은 블루아이는 트램프보다 재빨랐다. 블루아이가 트램프의 엉덩이에 주둥이를 몇 차례 댔지만, 이빨을 집어넣지는 못했다. 트램프는 연거푸 블루아이를 몸으로 밀어붙여 넘어뜨리려고 했다. 방어에 취약한 복부를 공격해 치명상을 입히겠다는 전략이었다.

일진일퇴의 공방전이 이어지자 참지 못한 블랙코튼이 아내를 돕기 위해 나서려고 할 때였다. 이번에는 트램프가 블루아이의 엉덩이를 노리고 무섭게 돌진하며 이빨을 내밀었다. 이를 피해 몇 걸음 달아나던 블루아이가 재빠르게 백팔십 도로 몸을 돌렸다. 트램프는 관성을 이기지 못하고 블루아이의 옆을 지나가게 되었다. 그 틈을 노린 블루아이는 날아가는 새를 잡아채듯 트램프의 목덜미를 깨물었다.

두 우두머리의 싸움이 예상치 못한 방향으로 전개됐다. 트램프가 발버둥을 쳤지만 그럴수록 블루아이의 이빨이 몸 안 깊숙이 들어갔다. 달려 나온 블랙코튼이 블루아이의 엉덩이를 물었다. 그러자 블루아이는 조금의 동요도 없이 블랙코튼을 노려보았다. 블루아이의 눈빛에 주눅이 든 것인지, 그를 자극하면 할수록 아내의 죽음이 가까워진다는 것을 알았던 것인지, 블랙코튼은 블루아이의 엉덩이에서 이빨을 뺐다.

엉덩이에서 피가 흘렀지만, 블루아이는 덤덤했다. 신음을 내지 않으려 노력하던 트램프가 고통을 참지 못하고 낑낑거리는 소리를 내기 시작했다. 승부의 추가 기울었다. 이제 두 리카온 무리의 패싸움으로 확전되는 순서였지만, 그 누구도 마나풀스 리카온 왕조의 피가 흐르는 두 우두머리의 대결에 끼어들지 못했다. 싸움은 이미 끝났다.

블루아이의 아내가 남편의 엉덩이를 연신 혀로 핥았다. 의연하게 참았지만, 블랙코튼의 날카로운 이빨에 물린 상처는 꽤 깊었다. 리카온 무리는 중천에 뜬 태양을 피해 그늘에서 쉬고 있었다. 긴장이 풀린데다가 코끼리 고기로 포식한 덕에 드르릉 코를 골며 자는 녀석도 있었다. 블루아이도 지그시 눈을 감았다. 조금 전 벌어진 전투를 복기하기라도 하는 것처럼.

블루아이는 이빨과 턱을 통해 트램프가 떠는 것을 느꼈다. 눈앞에 다가온 죽음 때문이었는지, 아니면 숨이 막히는 고통 때문이었는지는 알 수 없다. 죽음에 대해 야생동물이 어떻게 생각하는지 인간이 알 도리는 없다. 도살장에 끌려가는 소가 눈물을 글썽이는 모습, 죽은 자식을 업고 다니던 원숭이의 자살, 동료의 죽음에 슬퍼하는 강아지의 사례가 동물도 죽음을 인지한다는 주장의 근거로 쓰이지만, 반대로 제시할 수 있는 사례도 헤아릴 수 없이 많다.

결정적인 순간에 블루아이가 턱의 힘을 뺀 이유도 짐작할 수 없다. 체념한 상태로 있다가 풀려난 트램프는 당황했다. 블루아이는 터벅터벅 걸어 자신의 무리 곁으로 돌아왔다. 블랙코튼은 여전히 흥분한 상태였지만 블루아이를 향해 다시 달려들 용기는 내지 못했다. 제법 커다란 초식동물까지 모이는 강 유역의 비옥한 영토를 블루아이 무리가 차지하게 된 순간이었다.

트램프로서는 차라리 블루아이와 싸우다가 명예롭게 죽는 게 나았을지도 모른다. 무리와 함께 자신들의 서식처로 돌아간 트램프는 잔뜩 기가 죽어 있었다. 무리를 지어 생활하는 야생동물이 지도자에게 바라는 건 절대적인 강함이다. 시저나 슬레이어처럼 부하들 앞에서만 강한 척하는 것이라도 상관없다. 강자 혹은 강자로 인식되는 이에게 굴종하는 게 야생의 본능이다.

미다스의 공포정치가 몰락했듯, 미다스를 물리치고 왕좌에 오른 트램프 역시 다른 리카온을 상대로 보여준 잔인함으로 통치력을 유지했지만, 이제 무리는 그를 신뢰하지 않게 됐다. 자신의 형제들과 남편 블랙코튼이 없었다면, 그동안 자신이 받아들인 녀석 중 하나가 반란을 꾀하고도 남을 상황이 되었다. 왕좌를 물려주려던 새끼를 자칼에게 잃은 게 뼈아팠다.

그날부터 우울증에 걸린 듯 사냥에 나서도 별 의욕을 보이지 않는 트램프 대신 블랙코튼이 무리를 이끌었다. 무리의 사기도 저하되어 사냥에 대한 재채기 투표에 찬성하는 숫자가 줄었지만, 블랙코튼은 아랑곳하지 않고 이전보다 더 힘을 냈다. 꽤 공을 들여야 하고 큰 위험을 감수해야 하는 누 사냥을 이끈 그는 늘 고집하던 매복조가 아닌, 누를 쫓는 추격조의 선두에 섰다.

시간이 지나며 트램프 무리가 안정을 되찾았다. 그러면서 권력의 균형추는 트램프에서 블랙코튼 쪽으로 기울었다. 대통령권한대행처럼 일종의 섭정이 시작된 것이다. 블랙코튼은 트램프가 전성기 시절에 그랬듯, 제 무리에게조차 광기 어린 모습을 보였다. 특히 외부에서 유입된 녀석 중 하나가 트램프 몫의 먹이를 뺏으려는 모습을 보이자 죽기 일보 직전까지 녀석을 공격했다.

블랙코튼의 의도가 무엇인지는 당최 알 수가 없다. 트램프가 차지했던 왕좌를 이어받고 싶었던 것인지, 아니면 자신의 사나운 본성을 마음껏 드러낼 기회가 와서였는지, 그것도 아니면 블루아이에 대한 오래된 원한 때문이었는지, 녀석은 무리의 질서를 다잡으며 때를 기다렸다.

T.I.A.

궤도에서 이탈한 삶이라고 해서 모두 낙오자가 되는 건 아니다. 동료들의 만류에도 회사를 그만둔 평범한 직장인이 자기 사업으로 크게 성공하거나, 인정받는 아티스트가 되거나, 유명 유튜버가 되어 돈방석에 앉기도 한다. 나 역시 프로덕션을 만들어 사업을 해보기도 했고, 프리랜서로 예술영화를 촬영한 적도 있다. 그러다 접하게 된 드론 때문에 아프리카까지 왔다.

제2의 인생이나 인생 이모작 따위의 얘기를 하고 싶은 건 아니다. 집과 회사를 매일 왕복하게 만드는 그 엄청난 중력에서 벗어나보면 알게 되는 세계를 말하고 싶은 거다. 일에 치여살다가 갑자기 주체할 수 없이 많은 시간이 주어져 오롯이 나와 대면할 수밖에 없을 때 접하는, 그 고요하고 낯선 세계 말이다. 그 세계를 마주할 용기가 없어서, 사람들은 누군가를 만나 의미 없는 시간을 보내고, TV를 틀고, 술을 마시고, 휴대폰을 만지작거린다.

처음 그 세계를 마주했을 때를 기억한다. 형이상학적인 질문이

쏟아졌다. 내가 이런 사람이었나 싶은 기분이 들었다. 나는 누구이고, 어디에서 와서 어디로 가는가, 죽으면 정말 모든 게 끝인 걸까 하는, 스무 살 무렵 술에 취해서 하던 질문을 다시 하게 됐다. 동시에 그 질문 중 자신 있게 대답할 수 있는 게 하나도 없다는 걸 깨닫게 됐다. 처음 그 질문을 던진 이후로 수십 년이 흘렀다. 이 나이를 먹도록 뭐 하고 살았을까? 후회가 밀려왔다.

프리랜서가 되니 집에서 보내는 시간이 많아졌다. 이혼을 하게 되자 주체할 수 없을 정도로 늘어났다. 방송 일을 할 때는 늘 시간이 부족했는데, 시간이 넘쳐나니 하루를 감당하는 것도 힘들어졌다. 세탁을 마치고 빨래를 널다가 양말 짝이 안 맞는다는 이유로 세상이 무너진 기분이 들기도 했다. 주부우울증이 왜 생기는지 절실하게 이해할 수 있었다.

나와 마주하는 시간이 늘어날수록 내가 가진 미련함, 추함, 비겁함, 교만함, 온갖 부정적인 감정이 몰려왔다. 거기서 도망치기 위해 선택한 것들 역시 중독성 있는 것들이었다. 술에 취해 거울을 들여다보다 충혈된 눈을 한 낯선 사내와 마주했다. 그러자 다 잊은 줄 알았던 과거의 아주 작은 일까지 생생하게 살아났다. 괴로워서 몸서리를 쳤다. 자책과 독한 회의 때문에, 다음날 후회할 줄 알면서도, 술을 들이부었다.

하라레 호텔에서 출국할 날만 기다리던 우리에게 갑자기 터무니없는 시간이 주어졌다. 우리는 의자가 조금도 뒤로 젖혀지지 않는 그 빌어먹을 버스를 타고, 제대로 포장도 되어 있지 않은 그 빌어먹을 도로를 열 시간이 넘도록 달려, 얼마 전에 봤던 그 빌어먹을 빅토리아 폭포로 왔다.

"형, 갑자기 관광은 무슨 관광이야!"

"이 새끼는 포상 휴가를 줘도 지랄이야. 인마, 위에서 수고했다고 인심 쓴 거야."

"아, 진짜. 그냥 원래 일정대로 출국하면 안 돼? 개인적으로라도?"

"너는 뭐가 그렇게 불만이 많냐? 빨갱이 같은 새끼."

종승이 형 말에 의하면 얼기설기 기워 만든 가편집본을 놓고 임원 시사회를 했는데 반응이 좋았단다. 그래서 스태프들의 노고를 치하하기 위해 빅토리아 폴스를 구경하며 피곤을 풀라고 휴가를 줬단다. 덕분에 예정보다 이틀 뒤에 출국하게 생겼다. 하라레 공항 대신 빅토리아폴스 공항에서 출발하면 시간도 단축되니 좋지 않으냐는 말에 헛웃음이 나왔다.

사실, 한중 갈등 때문에 촬영이 중단됐을 때 다들 빅토리아폴스에 다녀온 터였다. 비행기에서 두어 시간 더 앉아 있는 게 낫지, 낡은 버스에서 보낸 열 시간에, 얼마 전에 갔던 곳을 또 들러 가이드 뒤통수만 졸졸 따라다니며 보낸 반나절, 무료하게 호텔에서 보내야하는 이틀은 포상이 아니라 형벌이었다. 게다가 공식적으로 촬영이 종료되면서, 단짝처럼 지내던 블랙과도 헤어져야 했다.

낮에도 술, 밤에도 술, 할 얘기도 다 떨어졌으니 말없이 그냥 술, 이틀간 술을 마시며 시간을 보냈다. 정전된 적이 수차례였고 인터넷도 안 터졌다. 생각할 시간이 많아지니 괴로웠다. 차라리 재촬영이 필요하다고 했으면 기쁜 마음으로 했을 것이다. 그래도 시간은 성실하게 흘렀다. 정신을 차려보니 빅토리아폴스 공항 출국장이었다.

조연출이 에티오피아 항공의 보딩패스를 나눠주었다. 촬영을 마쳐도 그의 허드렛일은 끝나지 않았다. 아디스아바바를 거치는 노선이었는데, 요시다와 싱단단도 한국 스태프와 같은 비행기를 타게 되었다. 허브공항인 인천에 도착해야 일본이며 중국에 갈 수 있단다. 장거리 비행을 앞두고 기내에서 술을 마시고 잠들지, 아니면 한국에서 가져온 수면제를 먹어야 할지 고민하고 있을 때였다.

며칠 동안 잠잠하던 휴대폰이 울렸다. 은혜였다.

"여보세요? 어, 전화가 되네. 어디야?"

"공항. 대기 중이야."

"한국에 언제 도착해?"

"어…… 여기서 오후 1시에 뜨거든? 인천에 내리면 내일 4시네. 한국 시간으로."

대답하자마자 아차 싶었다. 은혜가 도착 시각을 물은 의도를 따져보고 답해야 했다.

이혼했다고 남보다 못한 관계로 사는 건 아니었다. 협의이혼은

번갯불에 콩 구워 먹듯 이뤄졌고 재산분할도 간단했다. 그래도 직접 만나서 정리해야 할 것들이 있었다. 예를 들면 함께 살던 집 서랍에 내 여권이 있었다거나, 그녀가 아끼던 선글라스가 내 오피스텔에서 발견되거나 하는. 철천지원수가 되어 헤어진 건 아니었기에 그런 일이 있을 때마다 얼굴을 봤다.

이혼하고 1년이 지나는 동안 우리는 여러 번 만났다. 사람들 얘기처럼 자식이 없어서 그랬는지, 이혼이라는 건 생각보다 별일이 아니었다. 같은 집에 살아도 거의 얼굴을 못 봤으니 더 그랬을까.

아무튼 이제 엄연히 남남인데 출장 일정을 주저리주저리 구체적으로 얘기할 필요가 없었다. "내일 도착해" 정도로 할걸. 실수했다는 생각이 들었다. 그녀가 말을 이었다.

"그래. 많이 피곤해?"

"푹 쉬긴 했는데 죽겠다. 일주일 동안 술만 먹었거든."

"여전하네. 사람은 진짜 변하지 않나 봐."

"그러게."

그녀는 눈치챌 수 없었겠지만, 내 대답에는 불만이 섞여 있었다. '사람 쉽게 변하지 않는다'라는 말은 은혜가 정치인을 비판하거나 연예인의 사건·사고를 볼 때 가끔 쓰는 표현이었다. 준구를 생각해보면 맞는 말 같기도 하다.

하지만 우리가 남남이라는 건 내가 술을 마시건, 마약을 하건, 여자와 뒹굴건 함부로 평가받을 이유가 없다는 것을 의미한다. 타

박을 받을 이유는 더군다나 없다. 게다가, 그녀는 잘 모르겠지만, 나는 많이 변했다. 전철을 밟지 않겠다고 발악하듯 살았다.

세상은 "그래도 옛날이 좋았다"는 이들과 "새로운 내일을 만들자"는 사람의 대립이다. 이 싸움의 승패에 따라 역사가 결정된다. 나는 앞으로도 전과 다르게 살려고 노력할 것이지만 인류의 미래는 비관적으로 전망한다. 전철은 먼저 간 수레바퀴 자국을 뜻한다. 수레바퀴 굴러가듯 역사가 되풀이되는 것에는 오직 한가지 이유가 있다.

아인슈타인은 중력과 전자기력, 강한 핵력과 약한 핵력, 자연계에 알려진 이 네 가지 힘을 통일장 이론으로 통합하려고 했지만, 끝내 완성하지 못했다. 후대 물리학자들이 바통을 이어받았지만 아직 성공하지 않았다. 앞으로 언제쯤 가능할지 대략의 예측도 불가능하다. 하지만 인간 사회에 작용하는 힘들은 이미 하나로 통합되었다. 그것이 오랜 시간 나를 지배하던 괴수의 정체다.

인문학과 사회과학을 포괄한 이 '통합된 힘'은 자연과학과 응용과학 분야까지 빠르게 세를 넓혔다. 이 괴수가 지배하는 세상, 중독이 만연한 시대에서는 만인이 만인에 대해 투쟁해야 살아남는다. 장애가 있고, 신체나 정신이 허약하고, 공부를 못하고, 부모를 잘못 만나고, 늙고 병들면 도태되어야 한다는 걸 모두가 받아들여야 한다. 피부색과 종교가 다르다는 이유로, 힘이 없다는 이유로 타자를 마음껏 공격할 수 있다는 중독에 사로잡혀 있다는 걸 고백해야 한다.

아브라함 계열 종교의 근본주의와 근본이 비슷한데, 여기에 나

치즘을 섞었으니, 존재 자체부터 이율배반적이다. 그럼에도 이 통합된 힘은 이제 '모든 것의 이론Theory of Everything'이 되었다. 인간 세상의 모든 것을 설명할 수 있고 예측할 수 있다. 인간 개인의 삶의 방향과 가치, 개인과 개인의 관계, 개인과 사회, 국가와 국가 간의 관계, 모든 것에 이 통합된 힘이 작용한다.

누가(루카)가 쓴 복음서에는 "한 종이 두 주인을 섬길 수는 없다"라는 구절이 있다. 하지만 이천 년 전 당시에도, 그리고 현대에도, 인간은 두 주인을 섬기고 있다. 다산 혹은 풍요와, 사랑 혹은 헌신이 양립할 수 있다고 믿는다. 종교를 믿는다고 말하는, 인생에 돈이 전부가 아니라고 주장하는, 사람이 꽃보다 아름답다고 얘기하는 이들이 특히 그렇다.

이미 통합된 힘의 지배를 받으면서, 그 사실을 인지하면서도 그런 말을 하는 건 위선이다. 차라리 솔직하게 괴수의 실효적 지배를 인정하는 편이 낫다. 친구, 가족, 우정, 사랑, 존중, 자존감, 자아실현, 구원, 이런 낭만적인 단어를 자주 내뱉고, 사람이 변하느니 변하지 않느니, 세상이 빠르게 변한다고 해도 영원히 변하지 않는 가치가 있느니 하는 이들은 뭔가를 팔려는 사람이거나 사기꾼이다.

"한국 들어오면 뭐 해? 또 사람들하고 술 마셔?"

"미쳤어? 내내 지겹게 본 사람들하고 무슨 술을."

"그럼 나랑 마셔."

"어? 왜, 아직 정리해야 할 게 남았어?"

연애할 때는 은혜와 자주 술을 마셨다. 숨은 맛집을 찾아다니는 것, 술에 취해 붕 뜬 기분을 느끼는 것도 좋았지만, 그녀와 대화를 나눌 때마다 행복했다. 그녀는 이 우주에 나만 홀로 외롭게 존재한다는 기분이 들지 않게 해주었다. 그녀는 늘 나보다 먼저 잠들었는데, 옆으로 누워 자곤 했다. 그녀를 뒤에서 안고 잠들면 외롭지 않았다.

때로 공감하고 때로는 다투며, 서로에 대한 확신은 커졌다. 그럼에도 나는 내가 처한 형편 때문에, 술기운에라도, 차마 결혼 얘기를 꺼낼 수 없었다. 그런 내게 그녀가 먼저 청혼해 나를 구원한 것은 지금도 고맙다. 하지만 결혼생활은 연애와 달랐다. 익숙한 외로움이 나를 다시 찾아왔다. 그래서 이혼도 어렵지 않았다. 어차피 결혼과 함께 그녀와 술 마시며 나누던 대화도, 그녀를 뒤에서 끌어안으며 느낀 안도감도 나를 떠난 터였다.

"우리가 용건 있어야 만나는 사이야? 서운하네."

"그건 아니고."

"잠깐만. 전화 들어온다. 이따가 다시 걸게."

"아니, 내 말은, 여, 여보세요?"

은혜가 먼저 전화를 끊었다.

수하물을 맡기고 나니 두 시간의 여유가 생겼다. 물론 전례를 볼 때 두 시간이 세 시간, 혹은 그 이상이 될 확률이 매우 높다. 이곳에서 비행기가 연착하는 건 해가 뜨고 지는 것처럼 일상적인 일이다.

요시다, 싱단단과 함께 공항 근처를 둘러보기로 했다. 기념품을 산다는 명목이었지만 살 게 없으리라는 것도 잘 알고 있었다. 아프리카 땅을 언제 다시 밟을 수 있을까 싶었고, 심심하기도 해서 걷기 시작했다.

막 출국장에서 나온 한 무리의 한국인들이 꽤 소란스러웠다. 짐을 보니 캠핑을 위해 이곳까지 온 사람들이었다. 캠핑은 불편함과 운치를 교환하는 행위다. 일 때문이라면 고통이 되고, 여가라면 즐거움이 된다. 야영을 즐기는 사람은 대개 안전하고 깨끗하고 위생적인 보금자리로 언제든 돌아갈 수 있는 사람들이다. 그들은 같은 동양인으로 보이는 우리가 곁을 지나가자 들으라는 듯 언성을 높였다.

"아, 구질구질해 죽겠네. 사람들이 왜 이렇게 느려터졌어? 아, 진짜 답답해 죽는 줄 알았네."

"그러니까 가난한 거야. 공항에서 일하면서 영어 발음은 또 왜 그 모양이래?"

우리를 보며 동의를 구하는 표정을 지었는데 특히 내게로 시선이 쏠렸다. 이내 이유를 알아냈다. 내가 입은 티셔츠에 한국인이라면 다 아는 등산 전문 브랜드 로고가 박혀 있기 때문이었다. 그들을 향해 나도 모르게 내뱉듯 말했다.

"This is Africa."

내가 뱉은 말에 그들은 어리둥절했다.

중국 자본으로 재단장한 빅토리아폴스 공항은 김포나 제주공항과 견주어도 밀리지 않을 만큼 깔끔하다. 구질구질한 건 장거리 비행 때문에 몸에 땀이 나서였을 것이다. 한국인의 성미가 급한 것도 전 세계가 안다. 영어가 공용어인 만큼 학교 수업이 모두 영어로 진행되는 나라다. 게다가 블랙이라는 멋진 청년이 사는 나라다. 그들은 이 나라의 겉만 핥다 돌아갈 것이다.

예상대로 비행기는 연착이 되었다. 면세점에 갈 의욕은 없고, 식당에 가기도 귀찮아진 스태프들은 긴 의자를 하나씩 차지한 채 꾸벅꾸벅 졸기 시작했다. 공항에 우리 일행 말고 다른 여행객은 없었다. 심심한 나머지 말라리아 키트를 사서 검사해 보기도 하고, 공항 안에 있는 음반 매장에서 아프리카 전통음악 CD도 샀다. 그래도 비행기가 도착한다는 소식은 들리지 않았다.

무료한 시간을 보낼만한 걸 아무리 찾으려 해도 더 할 일이 없었다. 젠가 게임을 하고 싶지는 않았고, 의자에 앉아 조는 것보다는 나은 일을 하고 싶었다. 블랙에게 화상통화 요청이 온 것은 여러모로 적절한 시점이었다. 그는 자기 집에 와서 식사하고 밤에 택시로 한국에 가는 게 어떻냐고 농을 걸었다. 요시다와 싱단단도 끼어들어 블랙과 요란하게 인사를 나누었다.

다시 생각해 봐도 참 희한한 일이다. 짐바브웨, 한국, 중국, 일본에서 온, 나이도 각양각색인 남자 넷이 무슨 영혼의 단짝이라도 만난 양 이곳에서 하나가 되어 보낸 시간은 영적 체험과도 비슷했다. 블랙이 나를 부르는 호칭처럼 미스터리였다. 정치관이나 종교, 철학, 역사, 무엇 하나 공통점을 찾기 힘든 우리였다. 어렵사리 공통점을 하나라도 찾으면 환호했고, 서로 다른 점을 발견하는 일마저 즐거웠다.

그동안 촬영과 관광을 위해 수많은 나라를 방문하며 수많은 외국인과 교류했지만 이런 경우는 처음이었다. 나 혼자 느낀 건 아니었다. 더듬더듬 영어로 얘기했지만, 모국어로 얘기할 때보다 깊게 소통하고 있다는 사실에 네 명이 함께 놀란 적도 여러 번이었다. 이런 게 새로운 인류의 모습인가 싶어 소름이 돋은 적도 있었다.

싱단단과 북경의 밤거리를 얘기할 때는 열일곱 살 시절의 나를 마주했다. 블랙과 아프리카의 이상 기후에 관해 대화할 때는 북극에 갔던 서른세 살의 나를 호출했다. 요시다와 오사카 도톤보리 먹자골목 얘기에 빠져 수다를 떨 때는 군대에서 갓 전역했던, 허름한 빌라에서 엄마와 둘이 살다 첫 해외여행을 떠났던 내 모습을 찾아냈다.

은혜를 만난 이후의 내 삶을 그녀와 분리해서 생각할 수는 없다. 그녀는 대학 시절 모습을 여전히 유지하고 있지만, 그때와는 다른 사람이다. 그게 싫었던 걸까? 아니면 여전히 변하지 않는 내게 문제가 있던 것일까? 아프리카의 공항 의자에 앉아 그런 생각을 하고 있었다.

휴대폰이 다시 울렸다. 은혜였다.

"여보세요?"

"어, 아직 비행기 안 탔나 보네?"

"응. 딜레이 떴어."

"도착 시간은?"

"몰라. 언제 출발할지도 모르는데."

이번에도 도착 시각을 묻는 걸 보니 나를 봐야 할 분명한 용건이 있는 것 같았다. 무엇일까?

공항에서 보내는 시간이 너무 지루했기 때문이었을 것이다. 나는 은혜와 한참 동안 통화를 했다. 결혼 이후 그녀와 한 시간 넘게 전화한 적은 처음이었다. 블루아이에 관한 얘기, 준구에 관한 얘기를 들려주었다. 말을 이어가면서 나도 모르게 신이 났다.

우리가 이렇게 잘 통했나? 아니, 연애할 때는 그랬지. 서로의 눈만 봐도 무슨 생각을 하는지 알 수 있었지. 우리가 이렇게 된 이유는 무엇일까? 결혼하고 나서는 눈을 마주치지 않았나? 그게 문제였나? 그녀와 전화로 얘기를 이어가면서도 쉼 없이 나 자신에게 질문을 던졌다.

"그 준구라는 사람 말이야. 다시 만나면 죽여버리고 싶다고 했었잖아. 그런데 안 죽였네?"

"모르지. 다음에 한국에서 또 만나면 내가 어떻게 할지."

"남자가 돼서 처절한 복수도 못 하냐? 내가 이혼하자고 했을 때는 귀싸대기부터 쳐올리더니."

"미안해."

이런 식이다. 결국 우리의 대화는 내가 잘못을 고백하는 쪽으로 귀결된다. 변명의 여지가 없기에 늘 내가 진다.

우리를 태울 비행기가 도착했단다. 캐리어 바퀴 소리가 요란하게 울렸다. 연신 하품만 하다 어디론가 사라졌던 공항 직원들이 다시 나타났다.

***

블랙코튼은 자신들이 활보하던 구역에 블루아이가 떡하니 자리 잡은 상황을 견딜 수 없었다. 그건 리카온의 본능이었고, 그 화를 기어이 풀어야 하는 건 그의 본성이었다. 아직 새벽안개가 걷히지 않은 잠베지강의 흙을 밟으며 블랙코튼은 트램프 무리를 이끌고 블루아이의 영역으로 향했다.

바위 위에서 침입자를 감시하고 있던 블루아이 무리의 초병이 그들을 발견했다. 초병은 아직 잠을 자고 있던 동료들을 서둘러 깨웠다. 그들의 방문 목적이 오로지 하나임을 블루아이는 직감했다. 트램프의 목덜미를 무는 것으로, 그리고 다시 살려준 것으로, 그는 자신의 의사를 충분히 전달했다. 그럼에도 그들이 다시 찾아왔다는 것은 기어이 끝을 보자는 것을 의미했다.

이번에는 어느 리카온의 전투와 같은 양상으로 전개됐다. 마실 나온 것처럼 설렁거리며 걷던 트램프 무리는 블루아이 무리의 전투

지경선을 통과하자마자 고개를 숙이더니 꼬리를 뒤로 뻗으며 힘차게 전진했다. 대단한 기세였다. 블루아이는 무리가 동요하지 않도록 선두에 나섰다. 그와 블랙코튼이 이빨을 드러내는 것과 동시에 거대한 패싸움이 시작됐다.

바싹 마른 땅덩어리에서 먼지가 피어올랐다. 고운 흙 위에 리카온들이 흘리는 침과 피가 떨어지기 시작했다. 다리며 엉덩이를 물린 녀석들이 깽깽거리며 뒤로 물러섰다가도 수세에 몰린 동료를 돕기 위해 끼어들었다. 지켜보는 이로서는, 어쩌면 싸우는 녀석들도, 대체 어느 쪽이 이기고 있는지 짐작할 수조차 없는 난전이 이어졌다.

블랙코튼으로서는 절대로 질 수 없는, 져서는 안 되는 싸움이었다. 아내가 패배한 이후 내부 분열로 이어질 뻔했던 상황을 겨우 틀어막았다. 이제 이번 전투의 승리로 국면을 전환해야 했다. 우두머리 부부의 왕권을 지키려면 트로피가 필요했다. 다이앤의 몸에 이미 큰 상처를 입힌 그가 다리뼈를 우둑우둑 씹으며 자신의 잔인함과 흉포함을 과시했다.

블루아이는 바쁘게 몸을 움직이며 동료들을 도왔다. 그러다가 다이앤이 눈에 들어왔다. 하이에나와 싸우다 앞발 하나를 못 쓰게 된 그녀가 블랙코튼의 집중 공격을 받고 있었다. 이미 전투력을 상실해 꼬리를 내린 그녀의 다리와 하복부에서 꽤 많은 피가 흐르고 있었다. 블랙코튼은 그런 상대의 뒷다리 뼈를 거세게 물어뜯고 있었다. 블루아이가 블랙코튼을 향해 달려갔다.

벼르던 일이었다. 이미 엉덩이를 물어뜯은 전력이 있는 만큼 블랙코튼은 블루아이를 충분히 이길 수 있다고 확신했다. 자신의 아내가 패배한 것은 방심하다 기습적인 공격에 당했기 때문이라고 생각했다. 그러니 블루아이가 공격해 오는 것을 보고도 전혀 긴장하지 않았다. 그는 물고 있던 다이앤의 뒷다리를 뱉고 블루아이를 상대하기 위해 몸을 돌렸다.

여느 갯과 동물처럼 블루아이 역시 일직선으로 달려와 블랙코튼을 공격하기 시작했다. 그의 재빠른 움직임에 블랙코튼은 육체적 우위와 노련함으로 맞섰다. 얼굴을 노린 단순한 공격이 실패하자 블루아이는 상대의 뒷다리를 노렸다. 블랙코튼은 상대의 이빨을 피해 몸을 돌리며 도리어 블루아이의 엉덩이를 노렸다.

블루아이가 기습적으로 몸을 낮추어 블랙코튼의 앞발을 노렸다. 블랙코튼은 재빠르게 발을 빼며 블루아이의 목을 노렸다. 그의 이빨을 가까스로 피한 블루아이가 다시 몸을 낮춰 상대의 허점을 살폈다. 블랙코튼 역시 같은 자세로 블루아이의 얼굴과 앞발을 번갈아 쳐다보았다.

블랙코튼이 먼저 움직였다. 블루아이의 목덜미를 재차 노리고 덤벼들었다. 블루아이가 뒤로 몸을 빼며 피하자 그대로 달려가 몸통을 부딪쳤다. 무게중심을 뒤에 두었던 블루아이가 밀려나 넘어졌다. 블랙코튼이 기세 좋게 상대의 복부를 노리며 달려들었지만, 블루아이는 빙그르 몸을 굴리고 벌떡 일어나 공격을 피했다. 흙먼지와 함께 털이 나부꼈다.

다시 마주한 두 리카온은 혀를 내민 채 숨을 헐떡였다. 이번에는 펜싱을 하듯 상대의 안면과 종아리를 노리고 전진과 후진을 반복했다. 두어 차례 공방을 주고받다가 블루아이가 블랙코튼의 종아리를 노리고 숙이고 들어갈 때였다. 블랙코튼이 블루아이의 주둥이를 물어버렸다. 순간적으로 얼굴을 빼긴 했지만, 블루아이의 코와 주둥이에서 피가 났다.

상대의 피를 보자 블랙코튼은 더욱 기세가 올라 흥분했다. 블랙코튼이 달려들자 블루아이는 본능적으로 공격당했던 안면 부위를 뒤로 당기며 피했지만, 블랙코튼이 노린 곳은 그의 앞다리였다. 블랙코튼이 블루아이의 오른쪽 종아리를 물었다. 블랙코튼의 부하 몇 마리가 블루아이 곁으로 다가와 싸움에 합세하려고 했다. 꼬리와 다리를 물려고 할 것이고, 마지막은 급소인 복부가 될 것이다.

블랙코튼이 입에 더욱 힘을 주자 블루아이의 몸이 상대에게 끌려갔다. 절체절명의 위기에 몰린 그때, 블루아이가 뒷발로 땅을 박찼다. 그러고는 앞발이 물린 채로 블랙코튼의 목덜미를 덥석 물어버렸다. 블루아이의 다리를 놓을 수 없던 블랙코튼이 급소를 공격당했다. 상대의 발과 목을 문 두 리카온은 상대가 고통으로 입을 벌리게 만들기 위해 서로를 더 세게 물어야 했다.

우두둑. 뼈가 꺾이는 소리가 들렸다. 먼저 입을 벌린 건 블랙코튼이었다. 다시 네 발로 서게 된 블루아이는 공격을 멈추지 않았다.

블루아이를 상대로 두 번이나 이빨을 꽂아 넣었던 블랙코튼의 숨이 점점 거칠어졌다. 이번에도 블루아이는 이빨과 턱을 통해 상대가 떨고 있는 것을 느꼈다. 하지만 트램프에게 그랬듯 살려줄 생각은 없었다. 야생에서 자비는 한 번이면 족하다.

블랙코튼의 목에서 끊임없이 피가 흘러나왔다. 상대의 목을 문 채, 블루아이는 자신을 공격하기 위해 다가왔던 리카온들을 쏘아보았다. 섬뜩한 그의 눈빛에는 뭐라 표현할 수 없는 위엄이 서려 있었다. 상대 리카온들이 하나둘씩 전의를 잃고 자신의 시선을 피하자 블루아이는 어금니에 힘을 주어 블랙코튼의 목숨을 거두었다. 비슷한 시기에 다이앤도 과다출혈로 눈을 감았다.

전투에서 패한 트램프 무리는 자신들의 서식처로 돌아가지 않았다. 대신 고개와 꼬리를 모두 내린 채 블루아이를 향해 복종을 표했다.

부하들이 돌아오지 않자 트램프는 자동으로 폐위됐다. 다스릴 백성 없이는 지도자도 없다. 이제 블루아이가, 위대한 커맨드의 아들이 리카온 왕조의 열 번째 지도자가 되었다. 몰락했던 마나풀스의 리카온 왕조가 부활을 알렸다.

이런 일이 벌어진 줄도 모르고, 트램프는 해가 뜨고 나서야 일어났다. 자기만 놔두고 모두 어디론가 가버린 것을 알게 됐다. 블랙코튼의 냄새를 따라 마냥 걷던 그녀가 도착한 곳은 블루아이의 서식처 주변이었다. 그곳에서 자신이 남편이 드러누워 일어나지 못하는 모습을 보았다. 부하들은 블루아이 앞에서 새로운 서열 교육을 받고 있었다.

모든 것이 자명했고, 그녀는 본능이 일러주는 대로 자신의 운명에 순응했다. 트램프는 다른 리카온들이 자신의 냄새를 맡지 않도록 멀리 몸을 숨겼다. 그러고는 러코메시강을 건너 자신이 오던 방향 그대로, 서쪽으로 향했다.

평생을 떠돌아다니다가 이제 아버지의 고향 땅을 밟게 됐다. 하지만 이제 그녀는 늙었다. 행운이 반복되지 않는다면 오래 가지 않아 죽게 될 것이다. 그렇다고 블루아이에게 자신을 받아달라고 할 수는 없는 노릇이었다.

마나풀스의 리카온에게 해가 지는 방향으로 걷는 것은 하루가 마감됐음을 의미한다. 능숙한 사냥꾼인 이들은 늘 잠베지강의 상류인 동쪽으로 거슬러 올라가며 먹잇감을 찾았다. 다시 서쪽으로 향할 때는 어린 새끼들을 위한 고기까지 배에 듬뿍 채운 뒤였다.

트램프는 굶주린 채로 붉게 저무는 태양을 향해 걷고 있다. 영욕이 교차한 삶이었다. 리카온의 한 세대가 또 어둑어둑 저물고 있다. 이곳이 아프리카다.

부활

    인간의 모든 감각은 불완전하다. 사랑하는 혹은 증오하는 대상을 바라볼 때 그 모습이 왜곡되어 보이기도 하는 이유다. 공통점이 있다면 상대가 실제보다 과장되게 작아 보인다는 것이다. 차이점도 있다. 사랑하는 사람이 작아 보일 때는 지켜주고 싶은 마음이 드는데, 증오하는 사람이 작아 보일 때는 가소롭고 초라해 보인다.

    대학 시절 은혜는 체구가 작아도 당찬 여자였다. 장기 자랑 시간에 지목당하면 부끄러운 척 쭈뼛거리면서 일단 한발 물러서는 게 여성의 미덕이었던 시절, 그녀는 누가 시키기도 전에 앞에 나와서 춤을 추고 노래를 불렀다. 그때는 나도 핵인싸로 살았지만, 끼 많은 그녀를 내가 감당할 수 있을까 하는 생각이 종종 들 정도였다.

    언론사 시험을 준비할 때는 노란 고무줄로 머리를 질끈 묶고, 화장기 없는 얼굴에 뿔테 안경을 쓰고 도서관에 처박혀 살았다. 라면을 먹다 안경에 김 서린 듯 앞날이 부옇던 나는 미국 대학원에 들어간답시고 그녀 옆자리에 자리를 잡아 공부하는 척하다가 이내 밖으로 나가 농땡이를 부렸다.

친구를 만나 술을 마셨던가, 아니면 공대 운동장에서 농구를 하고 왔든가 그랬다. 자정 무렵 돌아온 도서관에서 그녀는 책상 위에 올린 한쪽 팔에 머리를 대어 엎드린 채 새근새근 자고 있었다. 나는 잠든 그녀를 한참 동안 지켜보았다. 유난히 작아 보였다. 숨을 쉴 때마다 등이 올라갔다 내려갔다 하는 그 모습을 보다 나도 모르게 주룩 눈물이 흘렀다.

긴 비행을 마치고 인천공항 입국장으로 나오자, 여전히 한 치도 자라지 않고 오히려 줄었을, 자그마한 체구의 그녀가 눈에 바로 들어왔다. 그리고 그날처럼 눈물이 나오려고 했다. 은혜는 타고 다니던 세단을 팔아 중고 SUV를 샀다며 트렁크를 열어 내 짐을 실어주었다. 한참을 달려 그녀가 차를 세운 곳은 학창 시절 자주 가던 시장 골목이었다.

아프리카에서의 마지막 일주일 동안 줄곧 술만 먹다 왔지만, 대학 때 자주 오던 허름한 술집에서 마시는 소주 맛은 달랐다. 조미료 범벅인 오돌뼈볶음이 그때는 왜 그렇게 맛있었을까. 비위생적인 수저가 그때는 왜 눈에 들어오지 않았을까. 술집 이름도 사장님도 그대로였다. 나만 변했다.

"너까지 왜 그래?"

"왜, 나는 그러면 안 되냐?"

"그건 아니지만."

"나도 오빠처럼 철딱서니 없이 살아보련다."

몇 달 못 본 사이에 그녀가 변했다. 많은 것이 달라졌다. 그녀의 차뿐 아니라 머리 길이와 신발도 달라졌다. 신입 기자 때 그랬던 것처럼, 긴 생머리를 싹둑 잘랐다. 작은 키가 콤플렉스라 하이힐, 그중에서도 스틸레토 힐을 고집했는데, 흰색 스니커즈를 신고 왔다. 거기에 회사까지 그만두었을 줄은 몰랐다.

비행기에 타기 전 공항에서 통화할 때도 느꼈지만, 그녀와 예전처럼 대화를 나누다 보니 젊었던 시절의 우리로 돌아간 듯했다. 내 취한 모습을 싫어하던 그녀가 웬일인지 잔이 빌 때마다 소주를 채워주었다. 게다가 나와 같은 속도로 소주를 입 안에 연거푸 털어 넣었다. 금방 뺨이 발그레해졌다. 스니커즈 때문에 키가 더 작아져서 아이처럼 귀여워 보였다.

과 모임인지 동아리인지 술집 벽 쪽으로 테이블 여러 개를 붙여놓고 술을 마시던 학생들이 우르르 몰려나갔다. 담배를 피우려는 것이었다. 그중 한 학생이 비틀거리다가 나와 몸이 부딪혔다. 꼬인 혀로 죄송하다고 하는 그에게 괜찮다고 대답하며 웃어 보이다가 깜짝 놀랐다. 준구와 꼭 닮은 얼굴이었다. 내 표정이 굳자 그는 허리를 굽히며 한 번 더 사과했다.

내게 평생 못 잊을 트라우마를 남긴 녀석을 카리바호 옆 레스토랑에서 다시 만났던 일은 아직도 생생하다. 고등학교 시절과 달리 준구는 가소로워 보였다. 별생각 없이 대충 내뱉은 내 도발에 일일이 반응하는 모습을 보는 게 재밌었다. 그가 내 기세에 눌리는 상황을 즐긴 것만으로도 충분한 성과였는데, 오히려 그의 덕을 보게 되었으니 인생이 참 묘하다는 생각이 들었다.

"그러면 이제 뭐 하게?"

"몰라. 그걸 얘기하자고."

"나랑?"

"그래. 이, 답답아. 그러면 내가 누구랑 얘기하자는 거겠냐? 저기, 처음 보는 대학 후배들한테 여쭤보려고 여기 왔겠어? 아님, 여기 이모님?"

우리가 함께 살던 집까지 부동산에 내놓았단다. 지금까지와 다르게 살고 싶어졌는데, 어떻게 살아야 할지는 아직 생각해 보지 않았다는 그녀. 세상 모든 일에 확실한 목표와 계획이 있던 은혜와는 어울리지 않는 일탈이었다. 나는 그녀가 언론사 입사를 준비하던 모습, 입사한 뒤 아등바등하던 모습, 친정에서 돈을 빌리고 이를 갚는 과정, 아파트를 산 수완을 모두 지켜봤다.

"아 참, 종승이 형하고 연락이 안 되네. 혹시 소식 들었어?"

"어머, 몰라? 둘이 친한 거 맞아?"

"왜, 무슨 일이 있어?"

"이걸 말해야 하나······. 선예 언니한테 들은 건데, 우울증이 심했대."

"형이?"

양쪽 집에서 번갈아 가며 집들이에 초대했던 인연 때문에 은혜는 형수와 자주 연락하며 친하게 지냈다. 방송국 돌아가는 상황을 아내들이 더 잘 아는 경우도 많았다. 종승이 형이 급히 병가를 내고 쉬고 있다는 걸 은혜에게 듣고 알게 됐다. 짐바브웨에서 형과 종종 통화하면서도 그런 상태인 줄 짐작도 못 했다.

"세상에, 국장님 자리에 올라도 그렇게 되네. 진짜 어떻게 살아야 잘 사는 거야?"

"내 말이 그거라니까. 오늘의 주제야. 어떻게 살아야 잘 사는 거냐고."

"자꾸 왜 이래? 설마 내가 그 질문에 답할 수 있는 주제라고 생각하는 거야?"

"한 번만 더 그따위로 대답하면 오늘 사달 난다."

나는 그녀의 얼굴을 지그시 쳐다봤다. 얼굴에 웃음기가 없는 것을 보니 말장난하고 싶은 건 아니었다.

"이모, 여기 계란찜하고 소주 한 병 주세요."

은혜가 술과 안주를 추가 주문했다.

"아니, 네가 그런 질문을 할 줄 몰랐어. 누구보다 알아서 잘하는 사람이잖아."

"내가? 아니야. 모르니까 그냥 열심히만 달렸지."

"그러니까. 열심히 달리는 것도 능력이야."

"목적지도 모르는데 달리기만 해서 뭐해. 골인 지점이 다른 방향이면 어떻게 하려고."

은혜와 얘기를 나누는 동안 계란찜이 나왔다. 공깃밥 하나 들어
갈 작은 뚝배기에 넘칠 듯 위로만 크게 부풀린 요즘 것과 달리, 커다
란 뚝배기에 담겨 김이 모락모락 나는 모습이 예전 그대로였다. 대
학 때는 푸짐한 계란찜 하나만 시켜 놓고 소주를 여러 병 비우기도
했다.

구석 자리에 앉아 있던 남녀학생 둘이 눈에 들어왔다. 들어오기
전부터 싸웠는지 별말이 없던 커플이었다. 마주 보고 앉아 한동안
조곤조곤 얘기를 나누더니 남자가 여자 옆으로 자리를 옮겼다. 둘
은 어느새 손을 마주 잡았다. 남학생이 다른 손으로 여자친구의 어
깨를 감싸자 여학생은 남자친구의 어깨에 기댔다. 대학 시절 우리
모습도 저랬을 것이다.

"어른이 되면 모든 일에 답을 얻을 줄 알았어. 우리 부모님처럼.
그런데 결혼하고, 집을 사고, 좋은 직장에 들어가 승진을 해도, 이게
맞나 싶더라."

"다 그렇게 살다 죽는 거지 뭐."

"근데 오빠는 그렇게 안 살잖아."

"못 사는 거지. 그냥 탈선한 기차가 되어버렸어."

은혜가 내 뺨을 꼬집었다.

"그냥 버티고 살았어봐. 그래봤자 결국 종승 오빠처럼 되는 거잖아."

"모를 일이지."

"돌아가자, 우리."

돌아가자. 그리고 우리. 그녀는 대체 무슨 말을 하고 싶은 것일까. 결혼 전으로? 아니면 이혼 전으로? 두 사람이 인생이라는 길을 함께 걷는 데 있어서 결혼은 경유지가 될 수는 있어도 종착역은 아니었다. 서로를 온전히 소유하는 도구가 되어서는 더욱 안 됐다. 우리 결혼은 그래서 실패했다.

누가 봐도 번듯한 인생을 살기 위해 함께 버둥거렸다. 남들처럼 좋은 직장에 들어가고, 좋은 아파트에 살았다. 아이를 낳으려고 온갖 노력을 했던 것 역시 번듯한 인생의 필요조건이어서였을까. 그 아이 역시 번듯한 대학을 나오고 대기업에 들어가 남부럽지 않게 살도록 키우려 했겠지. 부모랍시고 모든 일에 해답을 가진 사람처럼 조언하면서.

"돌아가자고?"

"그래. 나 예전처럼 돌아가고 싶어. 그런데 예전의 내가 기억이 안 나. 그러니까 알려줘. 내가 원래 어떤 사람이었는지."

나 역시 방송국을 그만두고 난 뒤 예전의 내가 어땠는지 기억이 가물가물했다. 십 대 시절 추억은 오히려 또렷한데, 항상 무언가에 취해 살았던 이십 대 이후로는 내가 어떤 사람이었는지, 어떻게 살았는지 기억해내기 힘들었다. 누군가에게 상처를 주는지도 모르고 살았을 것이다. 내 기억 속 나는 늘 왜곡되어 있어서 다른 사람들의 증언과 배치되는 경우가 많았다.

그래. 내 기억 속 내 모습이 아니라 그녀가 기억하는 내 모습이 진짜 나일 가능성이 크다. 혹시 반대도 성립할까? 그녀 역시 내가 기억하는 자신의 모습을 찾고 싶기라도 한 걸까? 그래서 나를 찾아온 것일까? 서비스로 홍합탕이 나왔다.

나도 예전으로 돌아가고 싶다. 다시 방송국에 들어가고, 회사를 만들고, 프리랜서가 되는 과정을 되풀이하고 싶다는 건 아니다. 그럴 생각은 추호도 없다. 다만 누군가의 얼굴만 봐도 즐겁고 행복하던 때로, 사람의 웃는 모습을 보기 위해서라면 무엇이든 할 수 있던, 열정이 있던 때로 돌아가고 싶다. 하지만 시간을 거스르는 건 과학적으로 불가능한 일이다.

소주잔을 주무르듯 만지고 있던 은혜의 손이 보였다. 저 작은 손으로 얼마나 많은 일을 했을까. 다들 어른인 척, 대단한 진리를 깨달은 척 사는 사람들 틈바구니에서, 얄궂고 미묘한 폭력과 야만이란 칼날 위를 걸으며 위태롭게 살아왔겠지. 술기운 때문이었을까, 나는 손을 뻗어 그녀의 마른 두 손을 잡았다. 깜짝 놀라 눈이 동그래진 그녀가 스물두 살의 은혜로 바뀌었다.

기념일이라며 함께 간 식당에서 진심으로 기뻐하기보다는 계산서를 걱정하느라 집중하지 못했던 남자친구를 그녀는 진심으로 의지했겠지. 나는 그저 덩치만 큰 나약한 아이였는데. 예전으로 돌아가고 싶다. 그때처럼 나는 여전히 무능하고, 대책이 없고, 별 능력도 없지만, 그녀의 곁을 지키는 건 잘할 자신이 있다.

스물두 살의 그녀를 마주하자 눈물이 흘렀다. 많이 마신 것 같지도 않은데, 갱년기인가. 졸업한 지 이십 년이 넘은 선배가 후배들이 들어찬 술집에서 눈물을 보이다니. 은혜가 괜찮냐며 내 등을 두드렸다. 눈에 뭐가 들어간 것 같다며 화장실에 갔다.

얼굴을 씻고 오니 그녀가 화장을 고치고 있었다. 그사이 한쪽 벽을 다 채우고 있던 학생들이 갔다. 갑자기 조용해진 술집 분위기처럼 나와 그녀 사이에도 뭔가 어색함이 흘렀다. 스물두 살 은혜가 다시 언론사 중간 간부로 돌아왔다.

얘기를 이어가야 했다. 어디까지 했더라? 그래. 예전으로 돌아가고 싶다고 했다. 그게 무슨 의미일까? 내가 방송국에서 이탈하기 전으로 돌아가기를 바란다는 뜻일까? 아니, 그전에 그녀가 생략한 내용이 너무 많다. 그 얘기를 들어야겠다. 사표를 냈다고 했다. 왜 그랬을까? 그래서 이제 다른 뭔가를 하고 싶다는 건데. 그래, 그걸 얘기하자고 여기에 온 거지.

무슨 말을 꺼낼지 고민하고 있던 내게 그녀는 자신의 잔이 비었다며 손가락으로 가리켰다. 소주병을 들어 빈 잔을 채워주었다. 그러면서 이런 상황에서 할 수 있는 가장 바보 같은 질문을 던졌다.

"그놈하고는 정리했어?"

"그놈? 누구, 강 기자?"

"강 씨였어?"

"정리는 무슨. 뭐가 있었어야 정리를 하지."

은혜의 후배 기자였던 강 기자는 그녀의 팬에 가까웠다. 둘 사이에 무슨 일이 있었는지는 잘 모른다. 함께 사는 동안 그녀가 나를 타박할 때 꺼내쓰던 카드였다. 단지 그녀 마음을 건드리려고. 그걸 왜 지금, 여기서 꺼냈을까. 다행히 은혜는 코웃음을 쳤을 뿐 화는 내지 않았다.

"오빠는? 요즘 젊은 여자 중에 중년 남자 좋아하는 애도 있다던데. 별일 없어?"

"나? 별일은 무슨. 아무 일도 없지."

문득 지연 씨가 떠올랐다. 양심에 거리낄 일을 하지 않은 게 다행이었다.

"아무튼, 아까 하던 얘기나 계속하자. 사표는 왜 낸 거야?"

"차장까지 했으니 그만둘 때 됐지 뭐. 우리도 꽤 오래 살았어. 즉석 복권 긁어봤지? 대개 꽝이잖아. 위부터 긁었는데 쌍기역이 나온 거 보고도 더 긁으면 바보지."

"아니, 언론사 차장까지 올라간 인생이 꽝이라고?"

"방송국 촬영감독님 자리는 왜 그만두셨는데?"

그녀 역시 사람들이 가장 안전하다고 생각하는 궤도에서 이탈할 생각을 했다. 젊은 시절에는 세상에서 가장 빛나는 줄 알았던 우리였는데, 결국 둘 다 이렇게 낙오하게 된다니. 비통한 마음마저 들었다. 든든한 부모를 둔 그녀마저 버티지 못하고 궤도에서 벗어날 수밖에 없는 세상이라면, 평범 이하의 사람은 대체 어떻게 살아야 하는가.

"그러니 목적지 없는 열차에서 인제 그만 뛰어내리려고. 나랑 같이 놀자."

"놀자고?"

"어. 조금 더 벌고, 조금 더 모으고, 조금 더, 조금 더. 그러다가 놀아보지도 못하고 늙어 죽겠더라. 나랑 노는 게 제일 재밌다며. 너무 오래돼서 까먹은 거 아니지?"

낭패다. 그녀가 다시 스물두 살로 돌아왔다. 지금처럼 쌍꺼풀 없는 눈을 연신 깜빡이며 나를 빤히 바라보곤 할 때마다 심장이 터질 것 같았다. 어떤 말이든 들어줄 수밖에 없었다. 내게 청혼할 때도, 고소공포증이 있는 나를 잡아끌고 롤러코스터를 타자고 할 때도, 친정집에서 돈을 빌리겠다며 동의를 구할 때도, 저렇게 나를 쳐다봤다.

저 눈빛을 마지막으로 본 게 언제였더라? 음식물 쓰레기를 버려달라고 했을 때였나, 무서운 영화를 보고 싶다며 오밤중에 뜬금없이 같이 영화관에 가자고 했을 때였나. 정확히 기억은 나지 않지만 내가 시큰둥한 반응을 보이며 무시한 적이 있다. 그때 이후로 그녀가 눈을 깜빡이며 말하는 모습을, 반짝이는 눈빛을 보지 못했다.

"애도 없는데 큰집에 살 이유 없잖아. 굳이 서울에 살 이유도 없고. 둘이 살만한 시골집 하나 구해 놓고 여행이나 다니자."

유혹이다. 장모님께서 '명문대를 나와 누구나 아는 직장에 다니는 번듯한 사위'를 원했던 것처럼, 그녀도 일단 장식장 한곳을 차지할 트로피가 필요한 것이다. 그런데 내가 트로피이긴 한가? 그녀는 대체 내게 뭐를 원하는 것일까? 이번 다큐멘터리가 잘 나오면 내가 유명해지리라 생각하는 것일까? 이혼이라는 시련을 딛고 다시 행복하게 사는 부부의 모습을 연출하고 싶은 것인가?

"마음에도 없는 소리를 하고 그래. 넌 그렇게 못 살아."

"그러니까 다르게 살아보려고. 자기도 이렇게 살 줄 몰랐잖아."

"나 돈도 없고 직장도 없어."

"내가 가지고 있는 게 나 혼자 번 거냐? 그만 까불어."

그녀가 다시 눈을 반짝이며 술병을 내밀었다. 나는 작은 저항도 하지 못하고 순순히 술잔을 들었다. 잔을 부딪치고 소주를 마셨다. 술잔을 통해 그녀의 얼굴이 보였다. 그리고 서서히 취하기 시작했다. 나는 길고 험난한 여정을 마치고 이제 막 아프리카에서 서울로 돌아온 사람이다.

***

신촌 굴다리 포장마차에 가고 싶다고 고집을 부렸다. 대리기사가 데려간 그곳은 우리가 알던 것과 전혀 다른 모습이 되어버렸다. 어찌할까 잠시 고민하다가 은혜가 내비게이션에 집 주소를 찍어주었다. 함께 살던 집에 일 년 만에 돌아왔다. 거실이며 부엌에 옷방까지 싹 정리가 되어 있었다. 부동산에 집을 내놨다는 것도 진짜였다.

그녀는 냉장고에서 생맥주 케그를 꺼냈다. 모처럼 맛보는 한국 과일과 함께 맥주를 마시며 우리는 대학 시절처럼 마구 수다를 떨었다. 짐바브웨에서 겪은 일들을 얘기하다 그녀가 하도 부추겨 블랙에게 영상통화를 걸었다. 그녀는 유창한 발음으로 그와 대화를 주고받았다.

"오, 미스터리 아내가 이렇게 젊은 미인이었다니! 반가워요."

"얘기 많이 들었어요. 언제 저녁 한번 먹으러 갈게요."

"좋죠. 아, 여기 지금 저녁 먹을 때인데. 지금 오실래요?"

"감사한데 한국은 벌써 자정이라. 조만간 지나가는 길에 들를게요."

두 사람이 주고받는 유쾌한 상황극은 지켜만 봐도 재밌었다. 그리고 은혜가 한 말은 농담은 아니었다.

긴 통화를 마친 그녀는 그곳에서 내가 보낸 시간에서 촬영이란 부분을 빼면 어떨 거 같냐고 물었다. 나는 일 때문에 간 게 아니라 마음에 여백이 있는 여행객이었다면 충분히 즐길 수 있는 시간이라고 대답했다. 그녀는 자기가 가고 싶던 아이슬란드를 먼저 둘러본 뒤 아프리카로 건너가자고 했다. 블랙의 집에 가서 저녁도 먹자고 했다.

꿈같은 얘기여서 현실감이 들지 않았다. 하지만 그녀는 진지했다. 블루아이도 꼭 보고 싶다고 했다. 나는 그제야 마나폴스 리카온 무리의 왕조를 떠올렸다. 촬영 마지막 날, 블루아이는 위엄 있는 모습으로 무리를 이끌고 사냥터로 나갔다. 다시 그곳에 간다면 블루아이의 새끼도 볼 수 있을까? 상상만 해도 설레는 일이었다.

"소설을 쓰겠다고?"

"응. 소설이건 뭐건. 내가 평생 한 일이 글 쓰는 거잖아."

"그렇지. 돈이 될까?"

"자기는 돈 벌려고 그렇게 시인이 되려고 했어?"

새로운 세계의 문을 열게 되었는데 걱정도 되지 않는지 그녀는 태평해 보였다. 웹소설이건 에세이건, 자유롭게 글 쓰면서 여행하고 싶단다. 나와 함께. 나도 다시 시를 써보는 게 어떻겠느냐는 물음에 가슴이 두근거렸다.

학교 앞 술집에서 은혜와 소주를 마시고 있을 때 진 PD에게서 문자가 왔다. 다큐멘터리 제목으로 "몰락한 왕조의 부활, 블루아이"가 어떻겠느냐는 내용이었다. 아프리카 느낌이 없고 뭔가 딱 와닿지 않았지만, 그래도 좋다고 생각했다. 리카온 왕조를 잇게 된 주인공 블루아이, 외세에 의해 몰락한 아프리카와 짐바브웨의 부활, 희망적인 느낌을 주었다.

작은 방에 들어갔다 나온 그녀의 손에 뭔가 들려 있었다. 요즘은 구경하기도 힘든 90년대 스냅사진이었다. 왜 그랬는지, 나는 사진마다 컴퓨터용 사인펜으로 코멘트를 적어 놓았다. 월미도 조개구이집에서 내가 벌서듯 두 팔을 든 모습이 담긴 사진에는 "은혜 원피스에 초장 묻혔다가 내 코에서 초장 나올 뻔함", 한강 선유도공원에서 활짝 웃고 있는 은혜를 찍은 사진에는 "다시는 은혜에게 콧구멍이 크다는 발언을 하지 않겠습니다"라는 말이 적혀 있었다.

부엌 아일랜드 식탁에서 시작한 술자리는 소파로 이어졌다가 다시 마룻바닥으로, 나중에는 작은 방으로 이어졌다. 맥주를 홀짝이며 예전 사진과 편지를 읽다 보니 시간 가는 줄도 몰랐다. 리빙박스 안에 잠들어 있던 우리의 젊은 날을 깨워 마주하니 그 시절로 돌아간 것 같았다.

"생긴 것부터 뺀질뺀질하네."

내 고등학교 졸업앨범을 뒤적거리던 은혜가 준구를 발견했다.

"내가 다 화가 나네. 아주 그냥 귓방맹이를 날려버리지 그랬어!"

그녀의 얘기가 어떤 얘기로 흐를지 충분히 예상할 수 있었다. 그러면 그렇지. 꿈같은 시간은 이제 끝났고 현실로 돌아갈 때가 왔다는 걸 직감했다. 아프리카에 함께 다녀온 내 캐리어들은 여전히 그녀의 차 트렁크 안에 있는데 이걸 어떻게 한다? 내일 다시 가지러 와야 할까? 이럴 때마다 나는 상황판단이 힘들다. 아, 맞다. 일단 사과부터.

"미안해. 그때 너 뺨 때린 거."

"바보. 이혼하자는 어마어마한 말을 던져 놓고 고작 따귀 한 대 맞은 게 억울했겠어? 나도 미안해. 너무 힘들 때라, 그냥 저질러본 거였어. 그런데 자기가 미련 없이 돌아서니까."

"미련 없기는. 염치가 없던 거지."

"한국에서 준구를 다시 만나면 어떻게 할지 모른다고 했지? 난 알아. 자기가 먼저 때리는 일은 절대 없을 거야."

내가 생각하지 않은 방향으로 대화가 럭비공처럼 튀었다. 동시에 발끈하는 기분이 들었다.

"왜? 내가 겁쟁이 같아?"

"아니. 정반대지. 나만큼 오래도록 당신이란 사람을 옆에서 지켜본 사람 있어? 용감한 남자야. 폭력은 쉽고 편리하지. 고등학교 때도, 이번에도, 자기가 준구를 때리지 않은 이유는 대학에 가기 위해서 계산했기 때문이거나 겁이 나서가 아니었어. 자기가 본래 폭력적인 사람이 아니기 때문이야. 그 착한 본성을 믿으니까 내가 결혼을 결심했지."

잠시 말이 없던 우리는 서로 반대 방향으로 누웠다. 그녀의 머리에서 샴푸 향기가 났다. 내 머리에서도 똑같이 향긋한 냄새가 날 것이다.

꺼내 놓은 추억을 그대로 말려둔 채 우리는 거실로 나왔다. 아프리카와 서울의 차이는 밤에 극명하게 드러난다. 늦은 시간에도 한강 다리 위에는 헤드라이트 불빛이 길게 늘어섰다. 별 대신 빛나는 커다란 빌딩 때문에 불 꺼진 거실도 밝았다. 나를 바라보는 은혜의 눈빛을 선명하게 볼 수 있었다. 그녀가 맥주를 따르며 물었다.

"짐바브웨는 어떻게 될 것 같아? 좀 나아질까?"

"한동안 힘들 거야. 아마도."

"그래도, 블랙 같은 사람이 많아지면 희망이 있지 않을까?"

"정치, 경제, 교육, 문화…… 갈 길이 멀어."

은혜는 천천히 고개를 끄덕였다.

"국제사회 도움 없이는 힘들겠네."

"자선단체가 아니잖아. 독재가 물러난 자리를 원조라는 가면을 쓴 자본이, 탐욕이 차지하고 온 나라를 휩쓸겠지. 설령 그 도움으로 경제를 살린다고 해도 가난한 사람들은 계속 힘들 거야. 우리나라도 올림픽 개최한다고 갑자기 가난한 사람들 쫓아내고 그랬잖아. 서울처럼, 베이징처럼, 겉보기에는 그럴듯하게 변하겠지. 길거리에 흔하던 노숙자와 걸인에게 살 곳을 주는 대신 안 보이는 곳으로 꽁꽁 숨겨버릴 거야. 가난은 부끄러운 것이니까, 남에게 보이면 안 되는 것이니까…… 너, 자니?"

숨긴다고 해결되는 건 하나도 없는데, 인간은 많은 걸 숨기고 산다. 병들고, 약하고, 못생긴 건 부끄러운 게 아닌데, 인간은 그런 걸 부끄러워한다. 부끄러워하게 만들었다. 모두를 같은 궤도에 올려놓고 앞을 향해 전진하라고 채찍질만 하는 시스템을 나는 거부하기로 했다. 혼자가 아니다. 은혜와 함께다.

내 얘기가 길고 지루했나 보다. 잠에 취한 채로도 계속 고개를 끄덕이며 나와 대화를 이어가던 그녀가 소파 위에 스르르 누웠다. 오래도 버텼다. 그녀의 머리칼을 쓰다듬었다. 그녀 역시 눈을 감은

채 내 머리칼을 쓰다듬어주었다. 우리가 가장 젊고 행복했던 때로
돌아갈 방법은 없다. 하지만 우리는 이제 새롭게 살 것이다.

세상의 주류와 불화하는 혁명가로 살고싶다

대학 시절, 동물을 주인공으로 한 대하소설을 쓰려고 한 적이 있다. 인류가 멸종한 뒤 그들이 세상을 정복한다는 내용이었다. 국내 자료로는 부족해 해외논문까지 뒤지며 자료조사를 했지만 뒷심이 부족했고 이야기에 대한 확신도 없었다. 긴 시놉시스를 만들었음에도 결국 단 한 줄도 쓰지 못하고 접었다.

오랜 시간이 지나 기어이 동물을 등장시킨 이번 소설은 창작의 행군 기간에 쓴 여덟 편의 장편 중 세 번째로 완성한 것이다. 어릴 때부터 동물 다큐멘터리 보는 것을 좋아했다. 집필에 여념이 없던 어느 날, 무심코 튼 다큐멘터리 채널에서 만난 리카온의 인상은 비호감 그 자체였다. 왜 그런 생각이 들었을까 고민하다가 이 소설의 얼개가 나왔다.

장편소설을 쓸 때 나는 보통 A4 네 장 정도의 시놉시스를 만든다. 그런데『블루아이』의 시놉시스는 단 두 장이었다. 분량보다 중요한 건 시놉시스의 형식, 표 두 장으로 정리했다. 하나는 '나'와 아프리카 들개 왕조의 연대기를 병렬로 정리한 것이었고, 다른 하나는 아프리카 들개 왕조의 가계도였다. 그것이 나침반이 되어 하루 평균 38매가 넘는 원고를 쓰면서도 길을 잃지 않을 수 있었다.

인간의 이야기, 리카온의 이야기가 교차하며 전개되는 구조다. 여기에 숨겨둔 장치가 있는데 사실 그들의 얘기, 두 종족의 서사와 연대기가 상대 종족에 대한 은유라는 것이다. 인간다움이란 무엇일까에 대한 질문을 담았고, 사랑도 재부팅할 수 있다면 어떨까 하는 생각도 넣었다. 이를 정교하게 집어내는 독자분이 있기를 바란다.

소설가란 어떤 사람일까. 사람들이 듣고 싶어 하는 이야기를 하는 사람일 수 있다. 하지만 나는 그런 소설가가 되고 싶지 않다. 재능 넘치는 이야기꾼 정도를 목표로 삼지는 않았다. 듣고 싶지 않은 얘기, 불편하고 아픈 얘기를 했다. 우리는 과연 이대로 살아도 좋은가에 관한 질문을 끝없이 던질 것이다. 세상의 주류와 불화하는 혁명가로 살고 싶다.

진보는, 창의력은, 의심의 여지 없는 것들을 마음껏 의심하는 것에서 출발한다고 나는 생각한다. 의심하는 사람을 무능력자, 게으름뱅이, 무식한 술꾼, 나약한 지식인, 루저라고 쉽게 치부하는 건 편하고 게으른 방식이다. 그가 예언자인지 누가 알 수 있는가. 핑계나 푸념에 불과한 것인지, 아니면 옳은 소리인지 판단할 수 있는 능력,

예민한 귀를 가져야 한다.

소설 속 화자가 처한 상황과 환경이 특별한 것으로 보일 수 있다. 하지만 보편적이다. 좌절과 절망, 단절과 고립, 그로 인한 무기력과 포기, 이별과 상실, 모든 것을 내려놓고 어디론가 떠나고 싶은 충동은 우리도 가끔 겪는 것이다. 삶의 마지막 장소로 선택한 아프리카에서 화자는 타인도 야생 동물도 아닌, 단독자로서의 자신을 오롯이 살펴본 뒤에 회복할 수 있었다.

어린 시절의 기억, 약육강식의 사회생활, 심연에 놓인 죄의식, 사랑하는 사람과의 추억마저도 그를 괴롭힌 폭력이었다. 폭력은 멀리 있지 않다. 인간의 존재 자체가 자연에는 폭력이다. 우리가 가진 편견과 그로 인한 갈등 역시 폭력적이다. 경쟁을 부추기는 교육, 인간을 부품화하는 기업, 욕망을 집요하게 자극하는 천민자본주의가 그렇다. 타인을 수단으로 대하는 것은 또 어떠한가.

인류 발전의 역사가 더는 폭력과 야만의 역사가 되지 말아야 한다. 지금의 승자독식 체계, 성장지상주의에 가려진 빈약하고 위태로운 기반, 십 대까지의 성적으로 사람을 줄 세워 성년의 삶을 결정짓는 우스운 시스템, 물질만능주의, 루키즘, 주식과 부동산에 대한 신앙에 가까운 열중, 이런 것들이 백 년 혹은 이백 년 뒤에는 ―그때까지 인류가 생존해 있다면― 엄청난 야만으로 보이지 않을까.

소설을 쓰는 데에는 한 달이 채 걸리지 않았다. 하지만 오랜 기간 퇴고를 거듭했고, 쓰기 전 준비하기 위해 든 시간은 그보다 더 길었다. 직접 보고 들은 걸 바탕으로 쓰는 걸 지향하지만 코로나 때문에 짐바브웨 취재는 포기해야 했다. 대신 몇 달 동안 구글 어스로 아프리카 곳곳을 누비고 다녔다. 잠베지강 유역은 눈을 감아도 떠올릴 수 있는 지경이 되었다.

몇 가지 사족을 달아야겠다.

—소설 속 등장인물은 지금까지 썼던 소설과 달리 대부분 실존 인물로부터 착안했다.

—고백하자면 나는 상태를 때린 적이 없다. 하지만 그에 대한 기억은 여전히 아픔으로 남아있다.

—고등학교 때 북경에 있는 학교에 교환학생으로 다녀왔던 적이 있다.

—이 소설을 쓰는 동안 에이나우디 선생의 'I Giorni'('그날'이라는 뜻의 이탈리아어)를 매일 연주했다.

"외부를 대하는 인간의 태도에는 늘 편견이 존재한다. 즐겨보던 자연 다큐멘터리를 통해 처음 만난 아프리카 들개는 흉측한 외모와 잔인한 속성 때문에 정이 가지 않았다. 십 년이 지난 어느 날, 편견을 배제하고 다시 만난 그들은 무차별 밀렵의 대상이 되어 멸종위기에 처했다. 인간 개인과 아프리카 들개 왕조의 역사, 이를 관통하는 폭력을 날줄과 씨줄로 엮었다."

이 소설은 2023년 중소출판사 출판콘텐츠 창작 지원 사업에 선정되었다. 위 문단은 해당 사업의 지원 양식에 있는 '집필 의도'에 적은 내용이다. 출판생태계 다양성 확보와 출판산업 성장 도모를 목적으로 인한 이 사업이 앞으로도 계속되어 이름 없는 작가의 책이 우수한 중소출판사를 통해 세상에 나와 출판생태계가 풍성해졌으면 좋겠다.

지난 네 권의 장편소설을 통해 나는 작가의 말이라는 페이지를 독자를 위한 해설로 활용했다. 이번 책에서는 그렇게 하지 않으려 한다. 저자 직강의 친절한 해설도 오독 방지와 취향이 다른 독자를 설득하는 것에 별 효과가 없는 것 같기 때문이다. 게다가 알레고리를 즐겨 쓰는 내 글의 특성상 해설에서도 숨겨두는 내용이 훨씬 많다.

그렇다면 작가의 말에 무엇을 쓰면 좋을까 고민하다 집필과 관련하여 그리 무겁지 않은 얘기들을 힘을 빼고 들려드리기로 했다. 대신 소설과 관련하여 궁금한 부분이 있으면 이메일이나 SNS, 온라인 북클럽 〈그믐〉 등의 채널을 통해 성실하게 답변할 것을 약속드린다.

2024년 1월 15일에 김포에서
염 기 원